读·品·悟® 世界伟人传

美绘注音版

华盛顿

风车图书编辑部 编

提供一天的食物，可以活一天；开垦田地，可以活一生；
阅读伟人传记，可以让孩子开创不凡的一生。

九州出版社
JIUZHOUPRESS

目录

第三章　我是美洲人

牺牲安逸的享受，华盛顿发起了抵制英国商品的运动；放弃自己的事业，他又担负起大陆军总司令的重任。所有的付出，原因只有一个——他是美洲人。

第四章　为自由而战

艰苦的 8 年，也是为了自由而战的 8 年，华盛顿始终和他的士兵、他的人民、他的祖国在一起。不管遇到什么挫折和困难，他始终坚信：上帝和正义与他们同在！

第五章 走向胜利与光荣的日子

总攻击的时候到了,大陆军英勇的战士们在黑暗中等待着进攻的号角吹响,他们心里有一个坚定的信念:让星条旗高高飘扬在美国土地上!

第六章 首任总统

结束了戎马生涯的华盛顿,还没好好享受弗农山庄宁静的田园生活,又被深爱着他的人民推选为美利坚合众国总统,为这个新生国家的强大和发展奋斗。

华盛顿年表

在美国弗吉尼亚州的议会大厅里,屹立着一尊著名的大理石人像,他神情安详,深邃的目光始终注视着这片土地。他就是乔治·华盛顿,第一届美国总统,美国民众心中的骄傲。

关于华盛顿,你可能知道他小时候砍倒樱桃树之后诚实地承认错误的故事。其实,关于华盛顿的故事还有很多很多……

翻开这本书,你会了解到,华盛顿不仅是纵横沙场的将军、运筹帷幄的元帅、统领军队的司令,还是争取国家独立的英雄,更重要的是,他和其他人一起建立了美国。诚实、谦逊、勇敢、执著,这些纯正无私的优良品格就是他一生的写照。

来吧,让我们一起去追随这位伟人的足迹,缅怀他光辉灿烂的一生!

生平简介

乔治·华盛顿(1732~1799),美国第一任总统,被称为"美国国父"。

华盛顿出生在弗吉尼亚州的一个富裕的农民家庭,虽然没有在大学里接受过正规教育,但他受到了来自家庭的良好影响。在青年时代,华盛顿已经表现出高雅的修养和出众的才能。他在艰苦的环境里完成了对荒野土地的测量,并在抗击法国士兵入侵弗吉尼亚州的战争中,成为弗吉尼亚州全军的统领。

1775年,美国独立战争爆发后,他毅然放弃舒适的生活和丰厚的家产,接受了大陆军总司令的职务,投身到抗击殖民者的战争中。他克服了条件艰苦、兵源缺少、武器不足等困难,把一支没有纪律、自由散漫的农民武装训练成合格的军队。战争期间,他常常不顾自身安危,身先士卒,深入险地。在他正确的指挥和领导下,美国最终取得独立战争的最后胜利。1787年他主持召开制宪会议,制定出美国第一部宪法。1789年,他当选为美国第一任总统,并且成功连任。两届总统期满之后,华盛顿拒绝再次连任,废除终身总统制,为后来者做出了表率。

第一章 青年乔治

wěn zhòng de qì zhì chén zhuó de jǔ zhǐ mǐn jié de tóu nǎo yuǎn dà
稳重的气质、沉着的举止、敏捷的头脑、远大

de zhì xiàng wú wèi de jīng shén sì hū cóng yì kāi shǐ jiù zhù dìng zhè ge
的志向、无畏的精神,似乎从一开始就注定这个

nián qīng rén huì chéng wéi yí ge fēi fán de rén
年轻人会成为一个非凡的人。

霍比学校的"司令官"

在一幢被树木掩映的房子里，不时传来孩子们的读书声。这里是一所农家小学，是由本地最富有的乡绅奥古斯丁·华盛顿先生资助修建的。学校虽然很简陋，但却是附近最好的。教师是一位叫做霍比的先生，这所学校也被称为"霍比学校"。

随着教堂晚钟的敲响，霍比先生和学生们道别。一天的课程结束了，孩子们开始享受他们的玩耍时光。

一群孩子走在位于丛林中的乡间小路上，一个男孩子被围在中间。他叫乔治，是奥古斯丁·华盛顿先生的儿子。小小年纪的他就自然地流露出一种领袖气质，大家都喜欢和他玩耍。

"乔治，你们最近有没有收到劳伦斯的信？他的部队开到哪里了？"一个男孩关心地问。

"劳伦斯大哥没有受伤吧？他肯定是个了不起的军官！"另一个孩子也问道。

劳伦斯·华盛顿是乔治同父异母的哥哥，也是华盛顿家的长子。他应征入伍后被授予上尉的军衔，正在参加英国和西班牙之间的战斗（当时弗吉尼亚是英国在北美建立的一个殖民地）。劳伦斯时常写信回家，向家人报平安，也会说战场上发生的事情，这些就是孩子们关注的焦点。

乔治答道："劳伦斯在西印度群岛。他的部队刚刚占领敌人的碉堡，这场战斗是由弗农将军亲自指挥的。"

"那最后谁胜利了呢？"孩子们关切地问道。

"当然是我哥哥！"乔治骄傲地说，"劳伦斯作战

yǒng gǎn hái huò dé le yì méi jiǎng zhāng
勇敢，还获得了一枚奖章！"

yí ge hái zi yòng jí dù de yǔ qì shuō
一个孩子用嫉妒的语气说：

qiáo zhì nǐ zhēn xìng yùn yǒu zhè me chū sè
"乔治，你真幸运，有这么出色

de jūn rén gē ge
的军人哥哥。"

lìng yí ge hái zi shuō wǒ men shén me
另一个孩子说："我们什么

shí hou yě néng dào zhàn chǎng shang qù xiàng láo lún sī gē ge yí yàng yīng
时候也能到战场上去，像劳伦斯哥哥一样英

yǒng zuò zhàn ne
勇作战呢？"

wèi shén me fú jí ní yà méi yǒu zhàn zhēng ne yào bu rán wǒ men
"为什么弗吉尼亚没有战争呢？要不然，我们

yě néng dǎ zhàng le yí ge hái zi tiān zhēn de shuō
也能打仗了。"一个孩子天真地说。

qiáo zhì yì biān tīng dà jiā shuō yì biān bù tíng de dòng nǎo jīn hū
乔治一边听大家说，一边不停地动脑筋。忽

rán tā shuō dào hēi dà jiā tīng wǒ shuō wǒ yǒu ge zhǔ yi
然，他说道："嘿，大家听我说，我有个主意！"

qiáo zhì jīng cháng néng xiǎng chū yì xiē yǒu qù de yóu xì dà jiā dōu chōng
乔治经常能想出一些有趣的游戏，大家都充

mǎn qī dài de kàn zhe tā qiáo zhì shuō chū le tā de xiǎng fǎ wǒ men kě
满期待地看着他。乔治说出了他的想法："我们可

yǐ zì jǐ zǔ zhī duì wu zhè piàn shān lín shì ge hěn hǎo de zhàn chǎng
以自己组织队伍，这片山林是个很好的战场。

wǒ men kě yǐ yòng shù zhī zuò wǔ qì yòng xiǎo shí kuài dàng pào dàn
我们可以用树枝作武器，用小石块当炮弹。"

duì duì wǒ men yòng sào zhou zuò cháng máo
"对，对，我们用扫帚作长矛！"

"还能插上羽毛假装印第安人！"

这个想法得到了大家的赞同。

孩子们开始分头准备，四处寻找着可以利用的资源。没多久，他们就拿着各自的装备聚在一起，互相炫耀和比试起来。

就在大家你推我挡的时候，一个孩子突然说道："等等！还有一件重要的事情。我们现在已经有武器了，可是还需要一个司令。"听了他的话，大家都停止玩闹，认真思考起来。那个孩子说："每支军队都得有司令，我们怎么忘了呢？"

"这还用问吗？当然是乔治当司令！这个主意是他出的，而且打仗的事他比我们清楚得多，除了他还有谁呢？让他带我们玩吧！"一个孩子说。

没有人反对这个提议，乔治也很乐意接受这个职务。他要做的第一件事情就是给自己的"军队"取个响亮的名字。经过大家七嘴八舌的讨论，"霍比学校军团"就此诞生，乔治·华盛顿便是这支"军队"的司令官。

司令官的安排井井有条，他把大家分成了警卫人员、侦察兵、轻骑兵和步枪手，于是大家开始各就各位。很快，侦察兵前来报告："报告司令官，前方发现一只野兔！"

乔治想了想，严肃地对自己的"士兵们"说："接到最新情报，前方发现敌人踪影，轻骑兵火速前进，我率领大部队马上支援！"

"士兵们"就在司令官的带领下，雄赳赳、气昂昂地向前迈进。他们愉快地在树林里穿梭，不时传来司令官的命令。在"士兵们"的"围剿"下，那只野兔作为战利品送给了司令官。司令官显然对"士兵们"的表现感到满意，赞许地点了点头。很快，第二次进攻又开始了。

大家都玩得很开心。到了必须回家的时候，孩子们，不，应该说是我们年轻的"士兵们"，都规规矩矩地站着听司令官训话。乔治就像个真正的司令官一样，站在他的"军队"面前，认真地说：

"从明天开始，我们要进行训练，还要演习。明天上学前在树林集合，不许迟到！现在，解散！"

"士兵们"整齐地回答道："是，司令官！"

第二天一早，还沉浸在前一天兴奋中的孩子们，早早儿地来到树林集合。乔治可能向父亲请教过该如何训练，他把他的"士兵们"带到学校附近的空地上，教他们练队列、喊口号，就像一支真正的军队一样。

孩子们的父母对他们最近一段时间的行为感到大惑不解，每天孩子总是匆匆起床，匆匆吃早餐，然后兴冲冲地出门。霍比先生也发现，只要一放学，这群孩子就很有默契地离开学校，成群结队地向同一个方向走去。如果问孩子们到底在做什么，他们的回答都只是神秘地一笑。

那一天，霍比先生无意中从空地经过，才揭开了这个谜底。只见几个孩子整齐地排列着，手里拿着木棒、树枝或石块，在空地上走来走去，乔治和另外几个孩子则严肃地站在一边，注视着其他人的行动。霍比先生纳闷儿地看着孩子们的举动，对一本正经的乔治说："小乔治，你又带着这帮孩子在搞什么鬼？"

乔治还没有回答，一个孩子就抢着说道："先生，请注意礼貌。他可是'霍比学校军团'的乔治·华盛顿司令官！"随后，乔治认真地对霍比先生说："先生，我正在训练弗吉尼亚的勇士们，他们将是这个州最勇敢的战士！"

看着孩子们的认真模样，霍比先生哭笑不

dé jǐ tiān lái yíng rào zài jiā zhǎng hé tā xīn zhōng de mí tuán zǒng suàn jiě
得，几天来萦绕在家长和他心中的谜团总算解

kāi le tā xiǎng zhè zhǐ bu guò shì zhè bāng ài hú nào de hái zi yòu yí
开了。他想，这只不过是这帮爱胡闹的孩子又一

ge xīn xiān de yóu xì
个新鲜的游戏。

kòng dì shang de xùn liàn hái zài jì xù zhe méi yǒu rén huì xiǎng dào
　　空地上的训练还在继续着。没有人会想到，

jiù shì cóng zhè lǐ zǒu chū le fú jí ní yà zhōu de sī lìng guān yě shì
就是从这里，走出了弗吉尼亚州的司令官，也是

cóng zhè lǐ zǒu chū le měi guó dà lù jūn de zǒng sī lìng
从这里，走出了美国大陆军的总司令。

野地里的勘探员

1748年，乔治·华盛顿受费尔法克斯勋爵的委派，前往蓝岭勘探和测量土地。

费尔法克斯勋爵是弗吉尼亚州有名的贵族，拥有谢南多亚河和波托马克河流域最肥沃的土地。可是勋爵热心于公众事业和他在伦敦的贸易，对这片土地疏于管理，许多非法移民在没有得到勋爵的同意下，擅自开垦并占有这片土地。勋爵对此很生气，因此希望对这片土地进行测量和管理，并将闯入者驱逐出去，或者让他们接受勋爵的统治。

蓝岭是一片连绵的山脉，周围少有人烟，很多地方还是荒地，没有人知道勘探者会遇上什么突发事件，所以说这是一件需要勇气和智慧的工作。乔治·华盛顿是费尔法克斯勋爵心目中最恰当的人选，尽管他才只有16岁。

华盛顿欣然接受了这项工作。他知道自己可能会遇到不可预知的危险，但这正是他想从事的那种工作。几天之内，他就整理好行装，准备出发了。

勋爵的儿子乔治·威廉·费尔法克斯是华盛顿无话不谈的朋友，在他的执意请求下，勋爵只得同意他和华盛顿一起前往蓝岭，不过要求他必须听从华盛顿的指挥。

3月，两个好朋友在家人的祝福下，骑上马，开始了他们的第一次远征。经过艾什利渡口，他们沿着蓝岭前行。

"看哪，华盛顿，多么美丽的山脉和河谷！"威廉骑在马上指着前面说，"我还是第一次看到弗吉尼亚这么漂亮的风景。"威廉去年才从英国留学回来，对家乡的自然风光还来不及熟悉。

"威廉，我们现在是在弗吉尼亚大河谷，河谷这边是阿勒格尼山脉。"华盛顿指着不远处连绵起伏的群山对威廉说。

弗吉尼亚大河谷气候宜人，适于耕种和居住。在河谷中间有一条清澈的河流。由于现在是春天，山上的雪水不断地汇入河流，使得河流的水量很大。

走了一段路后，他们下马休息。威廉走到河边把手伸进去，叫道："河水真凉，真舒服！"

"这是雪水，山顶上融化的积雪。这条河就是谢南多亚河，这个名字是当地印第安人取的。"华盛顿说。

威廉好奇地问道："这有什么特别的含义吗？"

"这是'星辰的女儿'的意思！他们认为谢南多

亚河是神赐予的！"华盛顿简单地解释道。

华盛顿卷起了衣袖，从马背上取下工具，对还在陶醉的威廉说："这里就是勋爵先生，也就是你父亲的领地了。我们现在开始展开工作吧！"

他们从河谷底部开始测量，沿着谢南多亚河河道延伸数英里（1英里=1.609344千米）。两位勘探员认真地履行他们的职责，偶尔停下来吃点随身带来的干粮，这就是他们一天简单的饮食。

威廉站直身子，捶了捶有些酸软的膝盖，看了看天色，对还在弯腰工作的华盛顿说："天快黑了。这是一片美丽的土地，可我们不会就在这里过夜吧？"

华盛顿观察了一下四周的地形，对威廉说："这附近应该有人居住，我们可以到那里投宿，说不定还能吃到热腾腾的面包呢！"

完成一天的工作后，他们沿着一条小路前

进，在路的尽头看到一户简朴的农舍。主人是一位叫海特的垦荒者，他热情地接待了他们。晚饭后，他们和主人愉快地交谈起来。不过一天工作下来，华盛顿和威廉都已疲倦不堪。华盛顿和主人按照森林居民的习惯，围着篝火躺下来。威廉则要求到卧室里休息，但他很快就出来了，在华盛顿旁边躺下来。主人和华盛顿都觉得有些奇怪。

"费尔法克斯先生，您不是说这样休息非常不习惯吗？"主人关心地问道。

"海特先生，我难得到丛林来一次，我想还是按照你们的方式比较好！"威廉回答道。

主人满意地点点头，翻过身继续睡觉。

威廉贴在华盛顿耳边，小声地说："我觉得跟你在一起，比跟房间里的臭虫待在一起要舒服得多。"

原来，在卧室里，威廉睡在一张草席上，破旧

de máo tǎn shang pá mǎn le chòu chóng tā zhǐ hǎo huí dào gōu huǒ biān
的毛毯上爬满了臭虫，他只好回到篝火边。

huá shèng dùn chà diǎn er shī shēng xiào chu lai tā duì wēi lián shuō wǒ
华盛顿差点儿失声笑出来。他对威廉说："我

wàng le tí xǐng nǐ zhè lǐ bù bǐ bèi ěr wò zhuāng yuán hǎo le shuì
忘了提醒你，这里不比贝尔沃庄园。好了，睡

ba nǐ huì fā xiàn shuì zài gōu huǒ biān shì jiàn hěn měi miào de shì qing
吧！你会发现睡在篝火边是件很美妙的事情。"

zhè jiù shì tā men zài kuàng yě zhōng dù guo de dì yī ge yè wǎn bú
这就是他们在旷野中度过的第一个夜晚。不

guò tā men hěn kuài jiù xí guàn le zhè lǐ de jiān kǔ shēng huó shì yìng le gè
过他们很快就习惯了这里的艰苦生活，适应了各

zhǒng huán jìng tā men yǒu tiáo bù wěn de jìn xíng zhe zì jǐ de gōng zuò huá
种环境。他们有条不紊地进行着自己的工作。华

shèng dùn bǎ cè liáng jié guǒ zǎi zǐ xì xì de jì lù zài bǐ jì běn shang
盛顿把测量结果仔仔细细地记录在笔记本上。

一转眼，他们已经在谢南多亚河和波托马克河度过了两个星期左右的时间。这一天，完成工作以后，他们又在野地露宿。从目前的进度来看，明天工作就可以结束了。

威廉生起一堆篝火，华盛顿就着跳跃的火光完成他的土地报告。威廉找来几根树枝，穿上野火鸡和野兔，这是他们打来的猎物，也是他们今天的晚餐。威廉拿着一根树枝，在火上烤起来。

"华盛顿，我都快成为烤肉高手了！"威廉说道。他又叹了一口气说："今晚又得睡在帐篷里了。我没想到，在海特先生的篝火边休息，倒成了我们睡得最舒服的一次！"

他们每天必须完成既定的工作才能休息，因此时常在野外露宿。这里的气候反复无常，经常刮风下雨。他们的帐篷曾经被风刮翻过，在雨中他们有时会淋得像落汤鸡一样，不过这些困难都被他们年轻人的热情战胜了。

华盛顿对威廉说："我们已经完成勘探工作了，勋爵先生的土地也测量完毕。明天就可以动身回家了。"

威廉说："也就是说，我们很快就可以回到温暖的被窝里了？"

"还可以享受新鲜的刚出炉的面包，当然，还能和勋爵先生开怀畅饮。"华盛顿补充道。

想到要离开这里，威廉有些感慨地说："要走了，还有些舍不得呢！"华盛顿又何尝不是呢？他撕下一块兔肉递给威廉。

威廉真诚地说："我会永远记住，在这次勘探过程中你对我的照顾。"紧接着，他又有些激动地说："你还救过我一命呢！"

原来，他们在波托马克河勘察的时候，由于连续几天的暴雨，山洪暴发了。他们冒险渡河时，威廉不小心掉进了湍急的河水里，是华盛顿不顾一切地抓住了他，否则他就被河水冲走了。

想起这件事情，威廉还心有余悸。华盛顿握着他的手说："如果是我掉下去，我相信你也会这样做的。"

威廉平复了一下情绪，说："我父亲会很高兴看到你的工作成果的。你简直是个专业的测量员，即使是州政府的测量员也不会比你优秀。"

华盛顿很谦虚地说："你也给了我不少帮助。这次发现的几个温泉，很适合勋爵先生在工作之余来放松心情。"

4月中旬，华盛顿和威廉终于回到家，受到了费尔法克斯勋爵的热烈欢迎。对他们的这次勘探，勋爵给予了极高的评价，尤其是华盛顿的表现，更让他欣慰不已。

第二章　勇敢的军官

nián qīng de huá shèng dùn fēi cháng jiān yì guǒ gǎn　tā zài dí rén de diāo
年轻的华盛顿非常坚毅果敢，他在敌人的碉

bǎo lǐ yǔ duì fāng dòu zhì dòu yǒng　dà bìng wèi yù　tā jiù qí zhe zhàn mǎ
堡里与对方斗智斗勇；大病未愈，他就骑着战马

zài qián xiàn fēi bēn　rén men gōng rèn tā shì yí ge jù yǒu dà wú wèi jīng shén
在前线飞奔。人们公认他是一个具有大无畏精神

de nián qīng jūn guān　yí ge jù yǒu mǎn qiāng rè chén de měi zhōu jūn rén
的年轻军官，一个具有满腔热忱的美洲军人。

穿过丛林去谈判

那时，北美洲是英国的殖民地，划分为弗吉尼亚州、马萨诸塞州等几个州。

这是1753年，在弗吉尼亚州政府大厅里，官员们正在商讨着最近发生的事情。从边疆回来的官员向在座的人诉说着法国人蛮横的行为，最后他说："各位，边疆的情况不容忽视，请你们尽快作出决定。"

经过激烈的讨论，大家有了一致的结论：派人以英王陛下的名义，前去与法军指挥官交涉！弗吉尼亚州的总督罗伯特·丁威迪先生也同意这一意见。可是由谁去呢？官员们展开了讨论。

这是一项艰巨的任务，因为到达法军指挥官

总部必须经过一片由印第安人控制的地区。这就
需要一个合适的人选，他必须体格强壮，又要威
武不屈，还要头脑精明，既能巧妙地与印第安人
周旋，又要善于与法国人谈判。

官员们列举了好几个人选，都被一一否决。

突然有人建议说："乔治·华盛顿！他在丛林地
区工作过，对那一带的环境很熟悉。而且他为人谨
慎，具有自制力。"

大家了解了华盛顿的情况后，都同意了。

散会前，总督丁威迪先生对秘书说："请尽快找到华盛顿，我要见他！"

很快，华盛顿来到政府办公厅，等候总督先生召见。总督先生仔细地打量着站在眼前的这个年轻人。他身材高大、气度雍容、仪表堂堂、面目和善，身上自然流露着让人信服的气质。

"华盛顿先生，弗吉尼亚需要您的帮助。"总督先生说道。

华盛顿毕恭毕敬地回答说："我随时听候差遣！"

华盛顿还只是个年轻的小伙子，可是他的诚实和才干，让人们抛开了对他年龄的顾虑，放心地把许多重要任务托付给他。如今他已是弗吉尼亚北部军区的少校级副长官，担负着保卫这一地区人民生命和财产的重任。今天，总督先生又要把这副沉重的担子交给他。

在了解了事情经过之后，华盛顿对总督先生

的信任表示感谢，然后说："先生，我绝对不会让

您失望的！"

华盛顿回家作了简单的准备，带着他的随从，

马上就出发了。他先要与几个部落的酋长会谈，

取得他们的信任，请求他们派人护送他前往法军

指挥部，并且还要获得印第安人对英国人的友谊和

支持，为英法之间可能发生的战争作准备。他还

要把总督的一封信呈递给法军指挥官，且呈信

过程中既不能示弱，也不能太过骄蛮无礼。

在雨雪交加中奔波了数日后，华盛顿终于来到印

第安人一个部落的营地，受到酋长塔那查理逊的接见。

"尊敬的酋长，我是大英帝国派遣来的代表，

我们需要勇敢的印第安人的帮助。"华盛顿很有

礼貌地对酋长说。然后，他说出他们所面临的困

难，并提出他的请求。

塔那查理逊酋长很快答应了华盛顿的请求，因为他的部分领地也被法国人占领了，他也一直在寻思着怎样去报复。现在能够跟英国合作，他是求之不得的。

在塔那查理逊酋长的帮助下，其他几个部落的酋长答应和华盛顿开会商议。当酋长们都聚集在塔那查理逊酋长的帐篷里后，华盛顿站起来说："各位朋友，今天我们聚在一起是为了一个共同的目的。你们的兄弟、真诚的伙伴弗吉尼亚总督先生，派我与你们坦诚地沟通。我接受指示，要向法军指挥官呈递一封很重要的信件，这封信不只对我们很重要，对你们也同样重要。"

一位酋长看着他，说道："你们给法国人的信件与我们印第安人有什么关系？"

华盛顿看着他们说道："我知道，法国人在你们的领地里建立了前哨，还打伤了你们的族人，

法国人不是友好的伙伴。而我们才是你们真诚的朋友，我们是为你们的利益着想。"

一位酋长有些犹豫地说："可是，英国人也经常侵犯我们的利益，也打伤过我们的族人。"

华盛顿拿出那封信，说："在这封信里，总督先生向法国人提出：不可以伤害印第安人的利益，否则英国会为印第安人而战斗！"然后，他又诚恳地说："以前都是一些误会，我们互相了解得还不多，可是现在不一样。你们是我们的邻居，也是我们最好的朋友！"华盛顿这番友好的发言受到酋长们的欢迎，他们露出笑容，说道："朋友，朋友！"

随后，华盛顿向他们提出要求说："我要与法军指挥官见面，可是这一路上到处都有其他不友好的印第安部落。他们被法国蒙骗，一定会尽力阻挡我前进。只有得到你们的帮助，我才能够安全顺利地到达目的地，完成使命。"

酋长们爽快地说道："我们一定会帮助朋友！"

然后，华盛顿向他们献上一串贝壳珍珠，说道："这串珍珠是总督先生委托我献给各位的，请你们接受来自英国的友谊。我们还想与你们建立长期的稳定友好关系，互相帮助。"

印第安人认为贝壳珍珠是一种珍贵的礼物，代表坚贞不渝的友情，也是同甘共苦的誓约。

依靠真诚和智慧，还有善于说服人的能力，华盛顿顺利地得到印第安人的支持和友谊，代表英国与他们建立了同盟关系，为英国赢得了可靠有力的同盟军。

会议结束后，塔那查理逊酋长对他的手下说："准备宴会，用最盛大的礼节欢迎我们的朋友！"

很快地，帐篷外传来鹿皮鼓的敲打声，还有嘈杂的喧闹声。在印第安朋友的簇拥下，华盛顿和他们一起走出帐篷。帐篷外已经清理

chū yí piàn chǎng dì　diǎn qǐ le gōu huǒ　yì qún rén zhèng wéi zhe gōu huǒ zài
出 一 片 场 地 , 点 起 了 篝 火 , 一 群 人 正 围 着 篝 火 载

gē zài wǔ　zhěng gè bù luò dōu mí màn zhe huān lè de qì fēn
歌 载 舞 , 整 个 部 落 都 弥 漫 着 欢 乐 的 气 氛 。

huá shèng dùn duì suí cóng shuō　bǎ wǒ men de jiǔ ná chu lai　wǒ yào
华 盛 顿 对 随 从 说 : " 把 我 们 的 酒 拿 出 来 , 我 要

hé qīn ài de péng you kāi huái chàng yǐn
和 亲 爱 的 朋 友 开 怀 畅 饮 ! "

huá shèng dùn de rèn wu yǐ jīng wán chéng le　yí bàn　shèng xia de jiù shì
华 盛 顿 的 任 务 已 经 完 成 了 一 半 , 剩 下 的 就 是

miàn jiàn fǎ jūn zhǐ huī guān de shì qing　tā zǐ xì de sī kǎo rú hé cái néng
面 见 法 军 指 挥 官 的 事 情 。 他 仔 细 地 思 考 如 何 才 能

bù bēi bú kàng　rú hé cái néng wèi fú jí ní yà huò dé zuì dà de lì yì
不 卑 不 亢 , 如 何 才 能 为 弗 吉 尼 亚 获 得 最 大 的 利 益 。

dì èr tiān　qiú zhǎng men pài chū zuì yǒng gǎn de yǒng shì　hù sòng huá
第 二 天 , 酋 长 们 派 出 最 勇 敢 的 勇 士 , 护 送 华

盛顿一行前往法军指挥部。经过几天的跋涉，他们终于来到伊利湖以南15英里左右的法军碉堡，见到了法军指挥官。

法军指挥官在他的办公室接见了华盛顿。华盛顿穿着少校军服，神采奕奕地站在他面前敬了个军礼，然后把丁威迪总督的信交给了他。

法军指挥官十分傲慢，接过信后并不理睬，反而很不礼貌地看着华盛顿。华盛顿说："尊敬的指挥官先生，对于最近我们边界发生的冲突问题，希望贵国能给我们一个合理的解释。"

法军指挥官听到这种谴责的语气，顿时变了脸色。华盛顿又说道："指挥官先生不远千里来到弗吉尼亚境内，我们招待不周，深感不安。"

在出发以前，华盛顿已经对这个指挥官有所了解。他是法国一位有名的将领，曾参加过很多著名战役，也取得过不少胜利。

看到指挥官的神情有所缓和，华盛顿又谈起这位指挥官曾获得的一些功绩，并适当表达了自己对他的景仰之情。指挥官的傲慢神情不见了，他与华盛顿就边界问题展开了寸步不让的会谈，但整个气氛很轻松，没有出现剑拔弩张的场面。

看完总督先生的信后，指挥官对华盛顿说："少校先生，关于这封信我无法作出回答，这点我很遗憾，请您回去转达总督先生。不过，对您个人的品格我十分赞赏。如果有一天我们不得不在战场上见面的话，我会为有您这样的对手感到自豪的。"

和指挥官道别后，华盛顿日夜兼程地回到州政府所在地，向总督和各位官员汇报。他还向州政府提交了一份报告，里面记录了那个地区所有的制高点和可以防守的地点，还有与军事活动有关的一切细节。这些都是他在途中经过仔细观察得到的。

病中的战斗

"华盛顿先生，作为一名医生，我坚决不同意您的想法。"医生认真地对华盛顿说。他是克雷尔医生，是华盛顿的私人医生，也是多年的朋友。

华盛顿躺在病床上说："我已经在病床上待了整整10天，经过您的悉心照料，我的身体已经没有什么大问题。"

克雷尔医生反对他这种看法，说："您的身体还没有完全恢复健康。"

"克雷尔，您知道，这场战争对我很重要。"华盛顿说。

"在我眼里，没有什么比您的健康更重要。"

克雷尔医生真诚地说。

这是1755年。由于英国在大草地战役的失利和法国的敌对行为，英国政府决定在美洲采取军事行动，抵抗和反击侵略。爱德华·布雷多克少将被任命为殖民地部队的大元帅。

为了国家利益，华盛顿在布雷多克将军的参谋部担任志愿人员，没有薪饷，也没有实权，所有的开支全部由自己负担，还要牺牲自己的私人事业。出发前，家人曾经对他的决定感到不解，他只是简单地回答他们：我是美洲人！就这样，华盛顿义无反顾地来到战场。

可是很不幸，在行军途中，华盛顿生病了，开始是发高烧，然后头痛难忍，接着病情越来越严重，根本不能骑马前进。医生要求他必须静卧休息。华盛顿被迫留在尤吉俄格尼河畔静养，由

克雷尔医生负责照料。

昨天华盛顿接到奥姆上尉的来信，信上说将军遇到了一些难题，而且部队受到敌人的阻击。华盛顿非常着急，强烈要求回到部队。克雷尔医生坚决不同意。他们的争执从昨天一直持续到现在。

华盛顿在这里已经休养了10天，克雷尔医生对他的身体状况很清楚。现在，他依然十分虚弱，才说了几句话就已经气喘吁吁了，根本就没办法上战场作战。

华盛顿继续对克雷尔医生说道："克雷尔，现在将军需要我。我在那片区域打过仗，熟悉地形，我要帮助他。"

克雷尔医生把华盛顿扶起来，对他说："您还很虚弱，无法承受长途行军的艰苦。"

"克雷尔，将军的确需要我，他没有在美洲作战的经验。"华盛顿继续说。

"我不得不提醒您，让您留在尤吉俄格尼河畔是将军的命令！"克雷尔医生说道。

在病情最严重的时候，华盛顿依然坚持跟部队一起前进，任何人的劝说都没有用。最后，还是布雷多克将军以长官的名义命令他留下来，直到痊愈。想到将军的关心，华盛顿脸上露出一丝微笑。

"克雷尔，将军如此对我，我更要回报他呀！现在是他最困难的时候，我要陪在他身边。"华盛顿几乎是用哀求的语气说道。

克雷尔医生考虑了很久，终于为难地点了点头，说道："不过，我要和您一起去，这样我才会放心。"

华盛顿感激地握着他的手说："克雷尔，我的朋友，我知道您不会丢下我的。"

正巧，这时候有一支运输军粮的先遣队即将

从这里出发前往部队宿营地，华盛顿喜出望外，于是和他们一起往前线进发。由于他还没有完全康复，不能骑马，只好坐在大篷车里，克雷尔医生随时注意着他的病情。翻过山岭，穿越森林，华盛顿他们最后终于安全到达前线。

华盛顿的朋友奥姆上尉正在营地外检查士兵的装备，看到他，先是愣了一下，然后马上给了他一个大大的拥抱，热情地说："我的朋友，见到你真高兴！我们都盼望你早日回来呢！"

华盛顿他们一边往营地走，一边听奥姆上尉介绍军队的最新情况。华盛顿来得正是时候，因为对迪凯纳堡的攻击预定在第二天进行，军官们正在布雷多克将军的大营里商量进攻方案。

华盛顿一走进大营，就受到大家的热烈欢迎，就连严肃的将军也对他抱病前来表示赞赏。

华盛顿曾经在这片区域跟法国人战斗过，对这里的地理情况比较熟悉，而且对法军的作战方式有一定程度的了解。他向将军提出了一些中肯的建议。布雷多克将军是一位英国名将，经验丰富，同时也很固执。他没有在丛林作战的经验，对华盛顿提出的一些很重要的建议也根本不予理睬。

第二天，进攻迪凯纳堡的战斗打响了。由于将军的疏忽，战斗一开始，英国部队就遭到突袭。昨天讨论的作战计划被全盘否决，将军只得根据

战场上的实际情况临时作出指示。

战斗刚打响，和华盛顿共事的奥姆上尉和莫里斯上尉就都受了伤，因此传达将军命令的责任就全部落在了大病未愈的华盛顿身上。

华盛顿拖着虚弱的身体，跑遍战场上的每一个角落，成了敌人的明显目标。

华盛顿骑着马往英军主力部队的所在地冲去。正在照顾伤兵的克雷尔医生忧虑地望着他的背影，叹息道："上帝！他还是个病人呢！"

突然，克雷尔医生发出一声尖叫，原来华盛顿连人带马摔在了地上。难道他被敌人的子弹击中了？但是他很快就从地上爬了起来，只是战马仍躺在地上痛苦地抽搐着。原来，敌人的子弹只是击中了战马，并没有伤到华盛顿。

避开敌人的枪林弹雨，华盛顿跑回营地，匆匆换了一匹马，又出发了。看着华盛顿骑马飞奔远去的背影，克雷尔医生不停地在胸前画着十字，祈求上帝保佑他。

华盛顿用最快的速度跑到负责峡谷地段的英军主力部队处，这里也是一片混乱。法国军队企图包围这支队伍，他们以小分队的形式分散在峡谷各处，从隐秘的地方对英国军队发动攻击。英军主力部队全部是从英国本土调来的正规军，大多数人都是第一次在山谷里作战，因此被打得晕头转向，纷纷向后撤退。

华盛顿看到这种情况十分焦急，因为只要部队采取正确的作战方法，是可以转败为胜的。在混乱中，华盛顿找到部队的指挥官斯图尔特上尉，向他传达了将军的命令。

华盛顿大声地说："上尉先生，将军命令您把大炮投入战斗，马上支援部队！"

斯图尔特上尉无可奈何地说："炮兵们不愿意

坚守岗位，大炮无人操作。"

时间紧迫，华盛顿来不及多想，问清楚炮台的位置就马上赶了过去。他要亲自前去说服炮兵们继续战斗。

华盛顿来到炮台附近，见一些炮兵正从这里惊慌地往下退。他拦住他们，大声说道："回到大炮那里去！瞄准敌人，狠狠地打！"

炮兵们根本不听他的劝阻，继续向后跑。华盛顿只得拉住一个炮兵的衣袖，命令他继续作战。这个炮兵惊恐地回答："不，四面八方都是子弹，我会死的！"这个炮兵害怕得全身发抖，说话已经不连贯了。

华盛顿对撤退的炮兵大声吼道："跟我上去！"说完，他就冲上炮台。其他炮兵看到他以身作则，战战兢兢地跟了上去。

华盛顿亲自操作一门铜制野战炮，瞄准一处敌人的位置，向那个方向开炮。炮弹准确地落在那个地方，随即传来一阵惨叫声，几个隐藏的敌人从那个隐蔽的位置逃出来。由于暴露了自己的目标，他们很快被英军的步兵击中。

炮兵们的情绪缓和了。华盛顿对他们说："回到你们的位置上去！就像我刚刚那样，朝树林里狠狠地打！士兵们，将军需要你们！"

炮兵们按照华盛顿的指挥重新投入战斗。大炮一投入作战，马上发挥威力，局面暂时得到控制。华盛顿又马不停蹄地赶回营地。在奔驰过程中，他突然感到有子弹从身上擦过，顾不得检查自己是否受伤，就急着回去向将军报告情况。

受伤的奥姆上尉和莫里斯上尉也在帐篷里。华盛顿走进帐篷，向他们简洁地汇报了目前的最新战况。汇报完毕，华盛顿忽然感到身上一阵疼痛，不禁皱起眉头。

莫里斯上尉见状关切地问道："怎么，你受

伤了？克雷尔医生，快进来！"

克雷尔医生赶忙进来，替华盛顿检查伤

口，结果让所有人都如释重负。上帝又一次眷顾

了华盛顿，子弹穿透了他的外衣，仅仅让他受了

一点儿小伤，并没有造成更大的伤害。奥姆上

尉说道："谢天谢地！你不能再受伤了。"

将军下达了新的命令，要华盛顿通知前方作战部队马上分散攻击。华盛顿立刻准备出发。

莫里斯上尉捂着受伤的胸口，真诚地对他说："辛苦你了，你一个人要做三个人的工作！"

将军也被华盛顿不畏艰险的勇气所感动，对他说："华盛顿先生，英王陛下会感谢你的！"

华盛顿淡淡地说："我是美洲人！抵抗侵略领土的敌人，是我分内的事。"

这次战斗的结果是英军惨败，就连布雷多克将军也因身受重伤不治而死，部队更是溃不成军。战争结束以后，人们对这一次战斗的指挥提出异议，但是都交口称赞华盛顿在这次战斗中的表现，公认他是一个具有大无畏精神的年轻军官，一个具有满腔热忱的美洲军人。

第三章　我是美洲人

xī shēng ān yì de xiǎng shòu　huá shèng dùn fā qǐ le dǐ zhì yīng guó
牺牲安逸的享受，华盛顿发起了抵制英国

shāng pǐn de yùn dòng　fàng qì zì jǐ de shì yè　tā yòu dān fù qǐ dà lù
商品的运动；放弃自己的事业，他又担负起大陆

jūn zǒng sī lìng de zhòng rèn　suǒ yǒu de fù chū　yuán yīn zhǐ yǒu yí ge
军总司令的重任。所有的付出，原因只有一个——

tā shì měi zhōu rén
他是美洲人。

抵制英货运动

1759年，华盛顿和玛莎相爱并结婚。婚后，他们一直住在弗农山庄。

1769年，在宁静祥和的弗农山庄，华盛顿和家人享受着难得的团聚时光。

没有硝烟，没有喧闹，没有战场上的流血牺牲，华盛顿每天处理庄园的事务，打理他在伦敦的买卖。在空闲的时候，他会带孩子们到山野里打猎或做游戏；每天傍晚，他都会牵着心爱的妻子玛莎的手，在树林里散步聊天。

这是一个多事之秋。英国与法国为争夺美洲殖民地而进行的战争暂时告一段落，殖民地人民本来应该松一口气了，但是英国政府随即制定了一系列严重伤害殖民地人民感情的法令和政策，引起美洲人民的极大不满，到处都是反对宗主国的呼声。

满腔的热忱和军人的敏锐，促使华盛顿密切关注着美洲大陆上发生的大小事。虽然弗农山庄地处偏僻，但他的许多朋友都乐于向他报告最新的情况，也希望能从他这里得到好的建议。

这一天，孩子们在庄园外玩耍，华盛顿和妻子玛莎待在客厅里。华盛顿正在写请帖，他想邀请几个朋友前来参加周末的宴会。玛莎对他说："亲爱的，宴会上我想用那套英国餐具。你觉得呢？"

华盛顿答道："你的所有餐具都是从英国进口的，我不知道你想用哪一套。"

听到华盛顿这种略带玩笑的回答，玛莎笑着说："没办法，那里的餐具漂亮气派。星期天晚上就用那套镂空镶边的餐具吧，是勋爵先生从伦敦为我带回来的。"

"只要你高兴就好,我没有意见。"华盛顿无所谓地说。家里的这些琐事他很少参与,玛莎自然会处理得让人满意。

一个仆人走进来,交给华盛顿一封信。看到信,玛莎说:"我要给我们在伦敦的代理人写封信,请他帮我买一些装饰品,还有一副今年最流行的蕾丝手套。"

玛莎坐到书桌前开始写信,华盛顿展开刚刚收到的信阅读起来。这是他在费城的朋友写来的。朋友告诉他最近英国政府颁布了对某些商品征税的法令,群众的反英情绪高涨,费城的人民举行了声势浩大的游行。

华盛顿紧皱着眉头,宗主国的行为实在让殖民地的人民寒心,好像美洲是一个供他们巧取豪夺的宝库,而美洲人民就是他们的奴隶似的。他很

赞成费城人民的做法。

玛莎高兴地写着信，华盛顿走到她身边。玛莎抬起头笑着对他说："亲爱的，你还需要一副漂亮的马鞍！"华盛顿说："等一等，亲爱的，我想和你商量一件事。"玛莎不解地看着他。这时，仆人进来通报：乔治·梅森先生前来拜访！

梅森是他们的好朋友，住在波士顿，华盛顿和玛莎对他的到来感到极为高兴。很快，一个高个子的中年绅士走进客厅，彬彬有礼地对玛莎说："夫人，您还是如此雍容华贵，见到您我很荣幸。"说完，他礼貌地吻了玛莎的手背。

华盛顿走上前去，拉住梅森的手，亲热地说："乔治，欢迎你来到弗农山庄。我正好有事要跟你商量呢。"梅森说道："我也有事向你请教。"他们二人便坐下来谈话。玛莎为梅森端来一杯咖啡，然后坐在了丈夫身边。

huá shèng dùn pò bù jí dài de duì méi sēn shuō　　bō shì dùn de rén mín
华盛顿迫不及待地对梅森说："波士顿的人民

zuì jìn zěn me yàng　　tā suí jí bǎ gāng gāng zhī dào de fèi chéng de qíng
最近怎么样？"他随即把刚刚知道的费城的情

kuàng gào su le méi sēn
况告诉了梅森。

méi sēn xiáng xì de xiàng huá shèng dùn shuō míng le bō shì dùn de qíng
梅森详细地向华盛顿说明了波士顿的情

kuàng　zuì hòu　tā shuō dào　　cóng wǒ dé zhī de xiāo xi lái kàn　měi zhōu
况。最后，他说道："从我得知的消息来看，美洲

gè yīng shǔ zhí mín dì rén mín de fǎn yìng dōu hěn jī liè　kě yǐ shuō shì qún
各英属殖民地人民的反应都很激烈，可以说是群

qíng jī fèn
情激愤。"

huá shèng dùn shuō dào　　zhè shì zhèng cháng fǎn yìng　nèi gé zhè cì de
华盛顿说道："这是正常反应。内阁这次的

做法实在是太草率了。"

梅森皱着眉说:"有几个

殖民地的商人们,比如纽约

和康涅狄格,决定暂停从英

国进口需要纳税的商品,作为对这项政策的抵

制措施。"

华盛顿说:"我支持纽约和康涅狄格的计划。

英国尊贵的先生们出于他们的私心,对我们大肆

剥削,适当地反击是必要的。"

"有些地方的人民还和英国军队发生了冲

突,据说有人受伤。"梅森说道。

华盛顿对人民的这种行为有些担心,说道:

"武力应该是最后不得已才采取的手段,贸然发

生冲突,只会殃及无辜。"

玛莎说:"我们可以向英王陛下递交请愿书,

或是向议会提出抗议。"

梅森无奈地说道:"夫人,我们早已经做过,可是没有用。英王和议会才不管殖民地人民的死活呢!"

"这些办法太温和,英王和议会不会把它当一回事的。抵制英国的商品,马上就会损害到他们的经济利益,或许这样可以让英王对我们多加关注。"华盛顿说道。

梅森问道:"那么,你的意思是……"

"立即拒绝进口英国商品!"华盛顿坚决地说。

玛莎担心地说:"这会得到所有人的同意吗?"

"在我看来,这种做法只对两种人有损害。"华盛顿说出他的看法,"一是商人,因为这会给他们的财务带来困难,不过,已经有几个州的商人开始行动了;再有就是富裕的人们,抵制英国货物,会带来生活上的不便。"

玛莎说:"这就是你刚刚要对我说的吗?"华盛顿说:"是的,亲爱的。和美洲的利益比起来,生

huó shang xiǎo xiǎo de bú biàn suàn bu liǎo shén me　wǒ xiǎng　wǒ men kě néng
活上小小的不便算不了什么。我想，我们可能

zàn shí bù xū yào cóng lún dūn gòu wù le　wǒ xī wàng nǐ néng lǐ jiě
暂时不需要从伦敦购物了。我希望你能理解。"

mǎ shā shuō　kàn lái　wǒ bù néng dài lěi sī shǒu tào le　nǐ yě zhǐ
玛莎说："看来，我不能戴蕾丝手套了，你也只

néng jiē zhe yòng nǐ nà fù jiù mǎ ān le　huá shèng dùn bào qiàn de kàn zhe
能接着用你那副旧马鞍了。"华盛顿抱歉地看着

tā　jiē zhe　mǎ shā yòu qīng sōng de shuō　zhè yǒu shén me guān xì　bié
她。接着，玛莎又轻松地说："这有什么关系？别

wàng le　wǒ hé nǐ men yí yàng　dōu shì měi zhōu rén
忘了，我和你们一样，都是美洲人！"

huá shèng dùn gǎn dòng de wò zhe tā de shǒu　méi sēn xiào zhe shuō　lǎo
华盛顿感动地握着她的手。梅森笑着说："老

péng you　kàn lái nǐ yǒu yí ge zhī chí nǐ de hǎo qī zi　wǒ yào ràng wǒ de fū
朋友，看来你有一个支持你的好妻子！我要让我的夫

人向她学习，我家也拒绝使用从英国进口的商品。"

玛莎也笑了，说："我得去告诉管家，星期天的宴会上要用弗吉尼亚产的银制餐具。"

华盛顿和梅森继续交谈。梅森说道："我们俩的力量太微不足道，还需要联合更多的人参加这个行动。"华盛顿走到窗前，看着外面的田野，想了想，说："下个月我将去威廉斯堡，议会将要召开会议。我们可以向市民院递交一份议案，如果能通过的话，产生的影响将会更大。"

"对！"梅森激动地说，"我们成立一个联合会，成员要保证不进口需要纳税的任何英国商品。"

两个好朋友热烈地讨论着，直到玛莎进来通知他们晚餐时间到了，才携手走进饭厅。

在餐桌上，华盛顿提议说："为美洲干一杯！"

3个人举杯相碰，为自己是美洲人而干杯。

大陆军总司令

1775年5月的费城，炎热难忍，来自美洲各个英属殖民地的代表聚集在这里，参加第二次大陆会议，华盛顿是弗吉尼亚的代表。

4月在美洲大陆上所发生的一件事，成为这次会议关注的焦点。驻扎在波士顿的英国军队想要突袭北美民兵，夺取他们贮存在波士顿西北部康科德的军火。英军在经过列克星敦时，被民兵发现，双方激烈交战。战斗中，民兵有49人死亡，39人受伤。这个消息很快传到美洲各个英属殖民地。人们反应强烈，情绪激动，许多人拿起武器前往波士顿，抵抗驻守在那里的英国军队。

在大陆会议上，各地的代表对发生在列克星

敦的惨案纷纷表示不满。最后，代表们达成共识，决定招募军队、采购军火，武装对抗英军！大陆会议还成立了军事委员会，华盛顿得到人们的信任，受命担任军事委员会的主席。

这时，在波士顿城外，有一支由民兵自发组成的队伍正在围攻驻守在那里的英军。这支队伍暂时由阿蒂马斯·沃德将军统领。

在会议中，代表们讨论着这支队伍的命运。

约翰·汉考克先生来自马萨诸塞，是第二次大陆会议的主席。他说道："来自北美13个殖民地的代表都通过了武装反英的决定。目前该如何处理波士顿附近的这支队伍呢？"

塞缪尔先生马上站起来说："这支队伍必须撑住，否则英军将会从波士顿向外面袭击，周围的乡村都会遭殃的。"

潘恩先生对汉考克先生说："希望您能立刻

承认这支队伍的合法性。他们是在为美洲而战哪！"

亚当斯先生谨慎地说："我要请各位代表注意一个问题，这支队伍没有薪饷、武器、军火，也没有服装，这个问题如何解决？难道让民兵自掏腰包？"

汉考克先生说道："当然不会，他们是在为整个美洲作战！这支队伍的开支可以由大陆会议提供，但必须得到各个殖民地财政的支持。"

对主席的意见，代表们议论纷纷。他们是由各个殖民地人民公选出来的代表，在当地都很有威信，他们的意见可以代表各殖民地人民的意思。经过认真思考，所有代表都同意了这个提议。

伦道夫先生尤其激动，说道："为了美洲的自由，弗吉尼亚人民愿意奉献他们的所有！"他是弗吉尼亚议会的议长。

接下来就是如何接管这支队伍，由谁来担任总司令的问题了。对于这个问题，代表们的意见

并不一致。

讨论一直在继续着。华盛顿也是代表之一，和其他代表一样。在总司令的任命问题上，会议陷入了僵局。

约翰·亚当斯先生从座位上站起来，说："我们都知道情况的紧迫性，在我的心目中，只有一位先生适合担任这个重要的指挥职务，他就坐在我们中间。"停顿了片刻之后，亚当斯先生坚定地说："他就是来自弗吉尼亚的乔治·华盛顿先生！"

所有人都把目光投向坐在门口的华盛顿。听到亚当斯先生这样说，华盛顿从座位上站起来，谦虚地说："谢谢亚当斯先生的推荐，我想此刻我最好回避。"说完，他走进旁边的图书室。

亚当斯先生问道："有人怀疑他的军事才能吗？"

没有人怀疑。的确，无论是在以前对法国人的战争中，还是在这次会议中处理各种军事事

^{wù}务，^{huá shèng dùn}华盛顿^{biǎo xiàn chū}表现出^{de}的^{jūn shì}军事^{cái néng}才能^{hé}和^{lǐng dǎo néng lì}领导能力^{ràng rén}让人^{wú fǎ zhì yí}无法质疑。

^{yà dāng sī xiān sheng}亚当斯先生^{jì xù shuō dào}继续说道："^{wǒ běn rén}我本人^{yǔ}与^{huá shèng dùn xiān}华盛顿先^{sheng}生^{bìng méi yǒu}并没有^{tè bié shēn hòu de}特别深厚的^{sī rén gǎn qíng}私人感情。^{tuī jiàn tā}推荐他^{dān rèn zǒng sī}担任总司^{lìng}令，^{wán quán shì wǒ chū yú}完全是我出于^{duì měi zhōu suǒ miàn lín de}对美洲所面临的^{kùn jìng de kǎo lù}困境的考虑。^{tā yōng yǒu zhuó yuè de pǐn gé}他拥有卓越的品格、^{yōu yì de cái néng}优异的才能、^{jiān rèn de jīng shén}坚韧的精神。^{tā}他^{néng yíng dé quán měi zhōu rén de zàn tóng}能赢得全美洲人的赞同，^{bìng qiě néng ràng suǒ yǒu de zhí mín}并且能让所有的殖民^{dì tuán jié qǐ lai}地团结起来，^{gòng tóng fèn dòu}共同奋斗！"

主席汉考克先生说道："先生们，我们不要再把宝贵的时间浪费在无休止的争论上。现在我们以投票方式选举总司令，希望大家能从美洲的利益考虑，暂时摒除私人恩怨。"

选举结果很快就公布了：全体会议代表一致通过由乔治·华盛顿担任总司令的职务。会场内响起热烈的掌声，华盛顿被一位代表从图书室请了进来。主席汉考克先生亲自向他宣布了这个消息。经过进一步商谈，大陆会议作出正式决定：将波士顿附近的那支队伍命名为大陆军，任命乔治·华盛顿为大陆军总司令。

华盛顿对会议授予他的职务表示感谢，并且承诺他将忠于这项任务，全心全意为此努力。会议结束以后，他一边和身边的人寒暄，一边想着肩头刚刚担起的重任。此外，他还在思考一个问题，那就是该怎么告诉妻子这个消息。

华盛顿回到位于费城的临时住处，见玛莎还在等他吃饭，便决定实话实说。他说："亲爱的，我不得不告诉你这个消息，我已被任命为美洲大陆军总司令，几天后就要前往波士顿接管军队。"

玛莎吃惊地看着华盛顿，说："也就是说，你要上战场和英军作战？"华盛顿缓缓地点点头。

玛莎低声叫道："他们是一群训练有素的军人，还有经验丰富的将军，你，亲爱的，怎么会这样？"

华盛顿走到妻子身边，拉着她的手说："亲爱的，请相信我，我也不愿意和你分开，跟你在一起的每一分钟都让我感到幸福。可是现在，命运交给我一个重要的职责，这可能是我的某种使命，我不能拒绝。"

玛莎的情绪稍微得到平复，眼里含着泪水说："我知道，这是你的使命，美洲需要你，人民需要你，士兵也需要你。可是，我只是担心……"

huá shèng dùn yě hěn gǎn shāng shuō dào qīn ài de mǎ shā wǒ xiàng
华盛顿也很感伤,说道:"亲爱的玛莎,我向

nǐ bǎo zhèng wǒ huì píng ān huí dào nǐ de shēn biān wǒ kěn qiú nǐ yí dìng yào
你保证我会平安回到你的身边。我恳求你一定要

jiān qiáng jǐn liàng bǎo chí xīn qíng yú kuài
坚强,尽量保持心情愉快。"

huái zhe liàn liàn bù shě de xīn qíng huá shèng dùn cí bié jiā rén lì kè
怀着恋恋不舍的心情,华盛顿辞别家人,立刻

bēn fù zhàn chǎng dài zhe rén mín de xìn rèn tā jí jiāng kāi shǐ lǚ xíng zhí
奔赴战场。带着人民的信任,他即将开始履行职

zé dài lǐng měi zhōu rén wèi le zì yóu ér zhàn
责,带领美洲人为了自由而战!

第四章 为自由而战

<ruby>艰<rt>jiān</rt></ruby><ruby>苦<rt>kǔ</rt></ruby><ruby>的<rt>de</rt></ruby> 8 <ruby>年<rt>nián</rt></ruby>，<ruby>也<rt>yě</rt></ruby><ruby>是<rt>shì</rt></ruby><ruby>为<rt>wèi</rt></ruby><ruby>了<rt>le</rt></ruby><ruby>自<rt>zì</rt></ruby><ruby>由<rt>yóu</rt></ruby><ruby>而<rt>ér</rt></ruby><ruby>战<rt>zhàn</rt></ruby><ruby>的<rt>de</rt></ruby> 8 <ruby>年<rt>nián</rt></ruby>，<ruby>华<rt>huá</rt></ruby><ruby>盛<rt>shèng</rt></ruby><ruby>顿<rt>dùn</rt></ruby><ruby>始<rt>shǐ</rt></ruby><ruby>终<rt>zhōng</rt></ruby><ruby>和<rt>hé</rt></ruby><ruby>他<rt>tā</rt></ruby><ruby>的<rt>de</rt></ruby><ruby>士<rt>shì</rt></ruby><ruby>兵<rt>bīng</rt></ruby>、<ruby>他<rt>tā</rt></ruby><ruby>的<rt>de</rt></ruby><ruby>人<rt>rén</rt></ruby><ruby>民<rt>mín</rt></ruby>、<ruby>他<rt>tā</rt></ruby><ruby>的<rt>de</rt></ruby><ruby>祖<rt>zǔ</rt></ruby><ruby>国<rt>guó</rt></ruby><ruby>在<rt>zài</rt></ruby><ruby>一<rt>yì</rt></ruby><ruby>起<rt>qǐ</rt></ruby>。

<ruby>不<rt>bù</rt></ruby><ruby>管<rt>guǎn</rt></ruby><ruby>遇<rt>yù</rt></ruby><ruby>到<rt>dào</rt></ruby><ruby>什<rt>shén</rt></ruby><ruby>么<rt>me</rt></ruby><ruby>挫<rt>cuò</rt></ruby><ruby>折<rt>zhé</rt></ruby><ruby>和<rt>hé</rt></ruby><ruby>困<rt>kùn</rt></ruby><ruby>难<rt>nan</rt></ruby>，<ruby>他<rt>tā</rt></ruby><ruby>始<rt>shǐ</rt></ruby><ruby>终<rt>zhōng</rt></ruby><ruby>坚<rt>jiān</rt></ruby><ruby>信<rt>xìn</rt></ruby>：<ruby>上<rt>shàng</rt></ruby><ruby>帝<rt>dì</rt></ruby><ruby>和<rt>hé</rt></ruby><ruby>正<rt>zhèng</rt></ruby><ruby>义<rt>yì</rt></ruby><ruby>与<rt>yǔ</rt></ruby><ruby>他<rt>tā</rt></ruby><ruby>们<rt>men</rt></ruby><ruby>同<rt>tóng</rt></ruby><ruby>在<rt>zài</rt></ruby>！

波士顿解放者

gè wèi xiān sheng　　jīn tiān de jūn shì huì yì mǎ shàng kāi shǐ　　zài
"各位先生，今天的军事会议马上开始。"在

zǒng sī lìng de huì yì tīng li　　jù jí zhe èr shí duō wèi xiào jí jūn guān　huá
总司令的会议厅里，聚集着二十多位校级军官，华

shèng dùn zuò zài dāng zhōng de wèi zhì shang
盛顿坐在当中的位置上。

huá shèng dùn yú　　nián　yuè dǐ zhèng shì jiē shòu zǒng sī lìng wěi rèn
华盛顿于1775年6月底正式接受总司令委任

zhuàng　dì èr tiān jiù dòng shēn qián wǎng bō shì dùn　　yuè chū　tā dào dá
状，第二天就动身前往波士顿。7月初，他到达

bō shì dùn fù jìn de kǎn bù lǐ qí sī lìng bù　　zhèng shì jiē guǎn le jūn duì
波士顿附近的坎布里奇司令部，正式接管了军队

de zhǐ huī quán　　suí hòu　　huá shèng dùn hé tā de bù duì jiāng yì zhí duǒ zài
的指挥权。随后，华盛顿和他的部队将一直躲在

bō shì dùn chéng nèi de yīng jūn zhěng zhěng bāo wéi le　　ge yuè　　zhè tiān de jūn
波士顿城内的英军整整包围了7个月。这天的军

shì huì yì zhǔ yào shì tǎo lùn xià yí bù de zuò zhàn jì huà
事会议主要是讨论下一步的作战计划。

huá shèng dùn shǒu xiān fā yán　　wǒ men zài bō shì dùn chéng wài yǐ jīng zhù
华盛顿首先发言："我们在波士顿城外已经驻

shǒu le　ge yuè　jú shì méi yǒu sī háo jìn zhǎn　yīn cǐ　wǒ xiàng jūn shì
守了7个月，局势没有丝毫进展。因此，我向军事

huì yì tí yì　jǐn kuài fā dòng gōng jī
会议提议，尽快发动攻击！"

yí wèi jūn guān tí chū le yì yì   wǒ men mù qián de bīng lì zhǐ yǒu
一位军官提出了异议："我们目前的兵力只有

yí wàn rén   qí zhōng hái bāo kuò bìng rén hé zhèng zài xiū jià de shì bīng   ér
一万人,其中还包括病人和正在休假的士兵,而

qiě tā men qí zhōng yí bù fen rén mǎ shàng jiù yào fú yì qī mǎn le   tā
且他们其中一部分人马上就要服役期满了,他

men yǐ jīng zài wèi huí jiā shōu shi xíng li zuò zhǔn bèi le
们已经在为回家收拾行李作准备了。"

yóu yú měi zhōu jūn duì de fú yì qī xiàn zhǐ yǒu yì nián   zhè ge guī dìng
由于美洲军队的服役期限只有一年,这个规定

ràng huá shèng dùn hé jūn guān men fēi cháng kǔ nǎo   huá shèng dùn shuō   wǒ
让华盛顿和军官们非常苦恼。华盛顿说："我

xiǎng qǐng gè wèi fēn tóu qù quàn shuō shì bīng   zài xīn de bīng yuán bǔ chōng
想请各位分头去劝说士兵,在新的兵源补充

jìn lai yǐ qián   qǐng tā men jiān chí dào zhàn dòu jié shù
进来以前,请他们坚持到战斗结束。"

一位军官说道："我们会尽力劝说他们留下。可是，进攻波士顿的计划能不能暂缓执行？"另一位军官同意华盛顿的意见，说道："不能再耽搁下去了。民众已经感到很不满意，大陆会议也希望我们能够尽快攻击敌人。"

华盛顿说道："这些我们知道，可是民众不知道，而且也不能让他们知道。否则，我们就会因为暴露弱点而遭到打击。我提议进攻的主要原因是，根据天气判断，波士顿海湾会结冰，这样方便运输军队。所以我认为，目前是作战的好时机。"

另一位军官说道："司令先生，我们的军队严重缺乏弹药和武器，如何应付英军的反击呢？"

华盛顿想了想，问道："筹备武器和弹药的诺克斯上校有消息吗？"一位副官回答："上校正在赶回营地的途中，但不清楚他何时能够到达。"

一位军官郑重地向华盛顿建议道："司令先

生，我主张等弹药和武器充足的时候，再对波士顿发动炮轰。在炮轰期间，我们夺取多彻斯特高地和诺德尔岛，发动总攻击。"华盛顿无可奈何地点点头，说道："看来只有这样了。"

华盛顿正和格林将军商量武器筹备的问题，突然听到营地外传来欢呼的声音。大家面面相觑，不知道外面发生了什么事。一个士兵气喘吁吁地进来报告："报……报告，诺克斯上校带着50门大炮回……回来了！"

华盛顿喜出望外，要诺克斯上校马上赶到会议厅。

诺克斯上校风尘仆仆地来到会议厅。他押着筹来的武器，穿过大雪覆盖的荒原，终于及时赶了回来。他带回了足够的弹药和50门大炮，在这些大炮中还包括迫击炮和榴弹炮。所有人都因这个好消息而振奋，华盛顿更是兴奋不已。

"上校，您辛苦了！请坐下，我们马上开始研究进攻波士顿的计划。"华盛顿说道。

所有摆在面前的困难都解决了。军官们经过仔细商议，最终研究出了详细的作战计划。

1776年3月4日晚上，大陆军顺利夺取了多彻斯特高地，占领了制高点。这样，他们的大炮就能直接瞄准城内的英军射击了。

在华盛顿军队控制的其他高地，士兵们忙着操练和修筑工事。华盛顿每天都会前往视察，鼓舞士气。

3月5日这一天，华盛顿到一个堡垒巡视，一位士兵壮着胆子问他："司令先生，我们能取得胜利吗？他们可都是职业军人。"

华盛顿立刻回答他："为自由

和正义而战，胜利必将属于我们！"

看到士兵们的斗志并不高昂，华盛顿站到一块突出的石头上，对士兵们说："今天是3月5日，是波士顿惨案的纪念日。英国军队打死了我们49位同胞，我们要为他们报仇！"

此时，所有人都情绪高涨，士兵们高呼着口号："打进波士顿，为同胞报仇！"

进攻的准备有条不紊地进行着，华盛顿对此感到满意。但是，他又感到忧虑，因为这场战争对他们实在是太重要了。

明天就是发动进攻的日子，华盛顿还在研究作战地图，格林将军陪伴在他身边。时间已经很晚了，格林将军劝他说："您应该休息了。部队都已经布置好，整装待发了，英军方面也没有大的动静。"

华盛顿担心地说："他们是狡猾的对手，我们一刻也不能放松警惕。而且，这次进攻十分重要，只能成功，不能失败！"

格林将军当然能够理解华盛顿的心情，叹了口气，说："是呀，人民迫切需要一场胜利建立信心。"

在确定所有部署都没有差错后，华盛顿才拖着疲倦的身子回去休息。第二天天没亮，他就又出现在部队面前，指挥战斗。

大陆军已经占领了波士顿城周围的大部分高地，炮兵从这些高地向城内发射大量炮弹，步兵也埋伏在城市周围，如果敌人企图突围，他们将会遭到猛烈的打击。

华盛顿密切注意着战斗的进行。从战场情况来看，他们完全取得了这次战斗的主动权，炮轰仍在猛烈地进行着。这时，一份停战协议从波士顿送到他们的司令部。华盛顿召集军官开

jǐn jí huì yì
紧急会议。

huá shèng dùn jiǎn duǎn shuō míng le yīng jūn de dǎ suàn　　yīng jūn zhǐ huī
华盛顿简短说明了英军的打算："英军指挥

guān sòng lái tíng zhàn xié yì　　tā men jiàn yì tíng zhàn　　qián tí shì tā men cóng
官送来停战协议，他们建议停战，前提是他们从

bō shì dùn chè jūn　　bú guò bì xū bǎo zhèng tā men de ān quán
波士顿撤军，不过必须保证他们的安全。"

mǎ shàng yǒu rén jù jué yīng jūn de qǐng qiú　　wǒ men yǎn kàn jiù yào qǔ
马上有人拒绝英军的请求："我们眼看就要取

dé shèng lì le　　bù néng ràng tā men zhè me liū zǒu　　wǒ jiàn yì jì xù pào
得胜利了，不能让他们这么溜走。我建议继续炮

hōng　　yì zhí dào tā men tóu xiáng　　hěn duō rén zàn chéng zhè zhǒng guān diǎn
轰，一直到他们投降。"很多人赞成这种观点。

huá shèng dùn shuō　　kě shì　　jì xù pào hōng bō shì dùn chéng jiù huì gěi
华盛顿说："可是，继续炮轰波士顿城就会给

城市带来更大的伤害。而且，我担心，如果我们拒绝英军的请求，他们就会对波士顿居民有不好的举动。"他的这种从人民角度出发的观点，也得到很多军官的赞同。

最后，在华盛顿的坚持下，大陆军答应了英军的请求，但要求英军保证不得侵犯波士顿居民。

在大陆军炮火的猛烈攻击下，曾经不可一世的英国军队灰头土脸地撤退了。英属北美殖民地人民取得了他们的第一次胜利，这次胜利大大鼓舞了他们战胜殖民者的信心和决心。

华盛顿和他的军队进入波士顿市区的时候，受到市民们的热烈欢迎。大陆会议也寄来了祝贺信，感谢他们取得了这次胜利。在人群欢呼的浪潮声中，有一个声音特别响亮："华盛顿司令，我们的救世主！"

总司令和士兵

1776年7月，大陆会议通过《独立宣言》，宣布英属北美13个殖民地全部独立，美利坚合众国诞生。华盛顿和他的士兵们为争取自己国家的自由奋战着，克服了一个又一个的困难，取得了一次又一次的胜利。

1779年冬天，独立战争即将进入第四个年头儿。华盛顿和他的军队驻扎在莫里斯城的临时营房里过冬，严密监视着英军的一举一动。这年冬天来得特别早，也特别寒冷。美军的补给严重不足，士兵们挨饿受冻，十分艰苦。

这一天，盖茨将军向华盛顿汇报了目前的敌我形势，并向司令部征求下一步作战计划。华盛顿正和参谋们讨论着战争形势，这时，军需官前来向他作汇报。

站在总司令面前，这位军需官显得局促不安，说道："司令先生，请原谅我打断您和几位将军的谈话。因为我有重要的事情向您报告。"

于是，华盛顿停下和几位将军的讨论，听取军需官的报告。

"司令先生，我不得不告诉您一个残酷的事实：目前，军队中只剩下两天的粮草储备，没有多余的钱来补充给养；还有一半的士兵没有领到过冬的衣服和毛毯；弹药储备也严重不足。请您指示！"

说完，军需官站到一旁，等候华盛顿的指示。

华盛顿对军需官的报告感到极为吃惊。他知道军队的给养困难，但没有想到会如此困难。他想了想，对军需官说："请你马上以军队的名义向附近富有的乡绅借钱，军队不能断粮，绝不

néng ràng shì bīng men è dù zi
能让士兵们饿肚子。"

jiè qián jūn xū guān gǎn dào hěn wéi nán de shuō zhè kǒng pà yǒu
"借钱?"军需官感到很为难地说,"这恐怕有

xiē kùn nan
些困难。"

bù guǎn yòng shén me fāng fǎ nǐ bì xū bǎo zhèng jūn zhōng tiān de
"不管用什么方法,你必须保证军中4天的

liáng shi gōng yìng shèng xia de wǒ lái xiǎng bàn fǎ huá shèng dùn shuō
粮食供应,剩下的我来想办法。"华盛顿说。

shì sī lìng xiān sheng wǒ bǎo zhèng wán chéng rèn wu jūn xū guān
"是,司令先生,我保证完成任务!"军需官

jiān dìng de huí dá dào
坚定地回答道。

jūn xū guān chū qu hòu huá shèng dùn zuò zài yǐ zi shang méi tóu jǐn
军需官出去后,华盛顿坐在椅子上,眉头紧

suǒ tā yǐ méi yǒu xīn si zài tǎo lùn qián fāng de jūn shì jì huà rú hé jiě
锁。他已没有心思再讨论前方的军事计划,如何解

jué jūn duì de liáng shi wèn tí cái shì dāng wù zhī jí yí wèi cān móu shuō dào
决军队的粮食问题才是当务之急。一位参谋说道:

xiàng dà lù huì yì jǐn jí qǐng qiú zhī chí wǒ men mǎ shàng xiě bào gào
"向大陆会议紧急请求支持,我们马上写报告。"

huá shèng dùn yáo yao tóu shuō jí shǐ shēn qǐng pī zhǔn yě shì jǐ ge
华盛顿摇摇头,说:"即使申请批准也是几个

xīng qī yǐ hòu de shì qing le shì bīng men děng bu jí le
星期以后的事情了,士兵们等不及了。"

huá shèng dùn zhàn qi lai zài wū zi li lái huí zǒu dòng zì yán zì
华盛顿站起来,在屋子里来回走动,自言自

yǔ dào hái yǒu rén méi yǒu guò dōng de yī wù tā men dōu shì zhàn shì
语道:"还有人没有过冬的衣物。他们都是战士,

zài wèi zhè ge guó jiā de dú lì zhàn dòu wa wǒ zěn me néng ràng tā men ái
在为这个国家的独立战斗哇!我怎么能让他们挨

饿受冻呢?不能这样,不能这样。"一位参谋建议

说:"那么,我们向当地州长求援?可是不久以前,

宾夕法尼亚已经提供过一批物资给我们了。"

华盛顿猛然一拍桌子,说道:"只有这样了,

我亲自给州长写信。"说完,他就摊开了信纸。他

在信上写道:"尊敬的里德州长和宾夕法尼亚的人

民:目前我们遇到了极为窘迫的局面,就是在战

争中也从来没有如此困难过……士兵们缺衣少

食,……他们为了新生的合众国与敌人厮杀,可是

如今却为衣食而苦恼……为了使我们的军队免遭解

散的噩运,我不得不再次恳求你们的资助和支持!"

写完后,华盛顿将信递给一位参谋,严肃地

对他说:"骑上我那匹快马,用最快的速度把信送

到里德州长手里,向他详细解释我们目前所面

临的困难。告诉他我等待着他的支持。"最后,华

盛顿又说道:"先生,这是目前最重要的任务!"

那位参谋马上出发了。看着他骑马出营，华盛顿又说道："我得去看看美利坚英勇的士兵们。"

华盛顿将前线的事情暂时交给参谋们讨论后，只带着一名副官，就冒着凛冽的寒风，朝士兵们的营房走去。

华盛顿轻轻地掀开布帘，走进一个营房。营房里只有一个士兵，他正在给自己的伤口上药。看见华盛顿走了进来，他拿着药瓶愣住了。华盛顿走过去，从他手里接过药瓶，蹲下了身子。

士兵完全愣住了，过了很久才反应过来。他挣扎着起立要向华盛顿敬礼，但被华盛顿制止了。"孩子，快坐下来。否则，我没办法给你敷药。"华盛顿对他说。

"可是，司令先生，您这么做，我……"士兵不知该怎么说话了。

华盛顿一边给他上药，一边和他聊天。"其

他人呢？"华盛顿问道。士兵的
情绪逐渐缓和下来，答道："站岗
去了，今天该他们执行任务。"

华盛顿又亲切地问他："你的胳膊是什么时候
受伤的呢？""是上次抢占高地的时候，不小心
被敌人的子弹击中的。"士兵答道。

"那么，你是希思上校的部下了？"华盛顿问
道。士兵点点头。

华盛顿继续说道："上次战斗你们团是第一
个冲上去的，勇敢的军人！"

因为激动，也因为华盛顿的夸奖，士兵的脸
涨得通红。上完药，华盛顿轻轻抚摸着他的
伤口，说："相信我，一切都会过去，你会没事的。"

士兵认真地说道："司令先生，我们都信任
您，我不会有事，我们国家也必定会取得胜利。"

华盛顿被士兵的回答感动了，用力地跟他握

shǒu gào bié　jiē zhe　huá shèng dùn bú gù láo lèi　yòu yí ge yíng fáng yí ge
手告别。接着，华盛顿不顾劳累，又一个营房一个

yíng fáng de qián qù shì chá
营房地前去视察。

　　zhèng zài zhè shí　huá shèng dùn hū rán bèi yí ge yíng fáng li chuán lái
　　正在这时，华盛顿忽然被一个营房里传来

de huān xiào shēng xī yǐn le　tā zǒu guo qu　zhǐ jiàn nà ge yíng fáng de mén
的欢笑声吸引了。他走过去，只见那个营房的门

bàn kāi zhe　tā xiàng lǐ miàn zhāng wàng　jiàn lǐ miàn zuò mǎn le xiū xi de
半开着。他向里面张望，见里面坐满了休息的

shì bīng　tā men duò zhe jiǎo qǔ nuǎn　shuō zhe xiào hua　kàn shang qu fēi cháng
士兵，他们跺着脚取暖，说着笑话，看上去非常

yú kuài　zuò zài mén kǒu de shì bīng hěn kuài fā xiàn le huá shèng dùn　yú shì
愉快。坐在门口的士兵很快发现了华盛顿，于是

suǒ yǒu de rén dōu zhàn le qǐ lai　bù zhī dào zǒng sī lìng zhè ge shí hou tū
所有的人都站了起来，不知道总司令这个时候突

然到来会有什么指示。

看到自己的到来让大家感到紧张，华盛顿示意他们坐下，自己也坐了下来。他笑着说："看来你们的警惕性很高，我刚在门口站着，就被发现了。"

士兵们被他逗笑了，营房的气氛又活跃起来。

"请大家放心，今天还没有发生过攻击事件。我只是过来随便看看。"华盛顿说。接着，他又问道："驻守在这里的生活很苦吧？"

士兵们相互望了一眼，没人回答。良久，才有人说："我喜欢上战场战斗，哪怕是受伤都愿意。"

"哦，为什么？说来听听。"华盛顿的兴趣来了。

那个士兵继续说道："在战场上，想着能杀敌建功，我什么都能忍受。可是这段时间，待在这个地方，缺衣少食，又没有什么能让人兴奋的事情，而且，我想念家乡……"

听了他的话，华盛顿感到十分难受，士兵们

也被这种情绪感染了。

这时，华盛顿轻轻地哼起一首歌。这首歌的内容是鼓舞人民为了自由英勇作战，旋律十分优美，每个美国人都会唱。

随着曲调，士兵们也跟着华盛顿哼唱起来。渐渐地，由华盛顿的独唱变成了大合唱。营房里的气氛一下子高涨起来。

刚刚说话的那个士兵又说道："我是为这首歌才来当兵的。我是波士顿人，1770年的那场惨案，我始终记在心上，我要报仇！"

"我是从纽约来的，英国人烧了我家的房子，我要把他们赶出美国！"另一个士兵说道。

"即使再苦再累，我也认了，谁叫我是美国人呢？"一个士兵说。

一个士兵打趣道："这算什么？熬到战争结束，说不定我们每

个人都能带着一大堆奖章回去呢!"这句话把华盛顿也逗笑了。

走出营房,华盛顿对身边的副官说:"多么伟大的士兵啊!他们是这场战争真正的英雄!"

华盛顿和许多士兵亲切地交谈,和他们谈心,听他们诉苦,给他们安慰和鼓励。在回司令部的路上,副官对他说:"司令先生,您这次视察给士兵们很大的精神动力,他们一定会更加卖力的。"

华盛顿摇摇头,感慨地说:"他们给了我更大的动力呀!你听听,所有的人都在抱怨条件艰苦,可是他们对这场战争却充满了必胜的信心。他们是合众国的中流砥柱!"

华盛顿他们回到司令部,去送信的那位参谋已经回来,还给他们带来了好消息:宾夕法尼亚筹集的粮食,以及过冬的衣物鞋袜正在送往军队的途中!

第五章
走向胜利与光荣的日子

总攻击的时候到了,大陆军英勇的战士们在黑暗中等待着进攻的号角吹响,他们心里有一个坚定的信念:让星条旗高高飘扬在美国土地上!

约克敦——黎明前的黑暗

1781年，英国将领康沃利斯勋爵在约克敦附近集中兵力，修筑防御工事，要将这里建设成为一个坚固的营地。而且他还准备以约克敦为中心，向四周发动新一轮的攻击。

这个情况及时反映到大陆军总司令华盛顿那里，他马上召开专门的应急会议。

会议厅里悬挂着一幅很大的作战地图，上面标明美军的部署、英军的战略，而且还从军事眼光出发，对敌人下一步有可能袭击的地点作了标注。

华盛顿详细地向军官们说明了前线的情况，谈了一些他的看法，然后对军官们说道："我们的朋友法国政府，为了支持我国的革命事业，

yǐ jīng pài chū jūn duì　　dà jiā dōu wèi zhè ge xiāo xi gǎn dào xīng fèn
已经派出军队。"大家都为这个消息感到兴奋。

zhè shí　　lā fěi dé hóu jué zhàn le qǐ lai　　tā shì yí wèi nián qīng de
这时，拉斐德侯爵站了起来。他是一位年轻的

fǎ guó jūn guān　　jǐ nián qián　　tā fàng qì shū shì de shēng huó　　tóu rù měi
法国军官，几年前，他放弃舒适的生活，投入美

guó rén mín de dú lì zhàn zhēng zhōng　　bìng yǐ yīng yǒng de biǎo xiàn shòu dào rén
国人民的独立战争中，并以英勇的表现受到人

men de yōng hù　　yě shì tā jī jí cù chéng le fǎ guó zhèng fǔ jué dìng pài
们的拥护，也是他积极促成了法国政府决定派

bīng zhī chí　　tā xiàng dà jiā zǐ xì jiè shào le zhè zhī jūn duì de qíng kuàng
兵支持。他向大家仔细介绍了这支军队的情况。

zuì hòu　　tā shuō dào　　mù qián　　zhè zhī jūn duì zài dé gé lā sài bó jué
最后，他说道："目前，这支军队在德格拉塞伯爵

de dài lǐng xia　　jí jiāng dǐ dá qiè sà pí kè wān
的带领下，即将抵达切萨皮克湾。"

华盛顿走到地图前面，在约克敦处画了个大大的圆圈，指着切萨皮克湾说："这里，即将驻扎一支威猛的法国舰队。"然后，他又指着约克敦附近的威廉斯堡说："这里要由美国最精锐的部队防守。"他在这两个地方各画了个大大的箭头指向约克敦，对大家说道："美法联军，水陆夹击，切断康沃利斯的所有退路，在约克敦活捉他！"

大家都为总司令的周密部署感到兴奋。在听了华盛顿更为详细的说明之后，大家对取得这次战役的胜利有了极大的信心。

在部署完所有工作后，华盛顿对将领们说道："将军们，带着你们的军队快速前进，争取时间。记住，一定要尽快将我们的阵地转移到敌人附近。康沃利斯正在极力改善他的处境，我们每耽搁一天就多给他一天的准备时间，就会令我们在交战中牺牲更多的士兵。现在，出发吧！"

"拉斐德侯爵，请您尽快安排我和德格拉塞伯爵见面，我们需要详细谈谈。"会议结束后，华盛顿对拉斐德侯爵说道。

侯爵先生连忙起身说："我正要向您报告，伯爵先生邀请您于9月中旬在舰艇上会面。"

华盛顿欣然应允。9月18日，在亨特将军等人的陪同下，华盛顿乘坐一艘名为"夏洛特皇后号"的小船前往切萨皮克湾，与德格拉塞伯爵在他的大军舰"巴黎市号"上见面。

华盛顿受到了德格拉塞伯爵的热烈欢迎。他们彼此已经仰慕很久。

一上船，华盛顿就对德格拉塞伯爵表达了他真诚的感谢："伯爵先生，您不辞辛劳，带着您的舰队从遥远的法国前来支持我们，美国人民对您的友谊将牢记在心。"

伯爵先生是位高大的军人，说话爽朗："总司令先生，你们为自由进行的战争必将得到所有人的协助。能够为您提供帮助，这是上帝给我的荣誉。"接着，他邀请华盛顿检阅他的军队。检阅完威风凛凛的军队以后，华盛顿参加了伯爵先生为其举行的私人宴会。

在宴会上，华盛顿向伯爵先生说出了自己的计划："我的计划是，法国舰队从海上发起进攻，美国军队在陆地上对约克敦猛烈进攻，把康沃利斯困在约克敦。"

伯爵先生对华盛顿这个计划大加赞赏，说道："法国舰队完全听候您的调遣，总司令先生！另外，我想派遣德舒瓦齐先生的陆军中队随同美军在陆地作战。"

"太好了，我实在是感激不尽！"华盛顿说。

华盛顿从侍者的餐盘里拿过两杯酒，递给伯爵先生，向他举杯致意："伯爵先生，为了友谊干杯！"

"为了友谊，也为了胜利，干杯！"伯爵先生回敬道，然后将杯中的酒一饮而尽。

日落时分，华盛顿及其同伴向伯爵先生告别，兼程赶回驻地。在那里，还有更多工作等着他去处理。

约克敦位于约克河的南岸，与军事要地格洛斯特角隔河相对，是一个重要的战略基地。经过一段时间的抢修，康沃利斯已经在陆地一侧修筑了7座堡垒，彼此之间有壕沟相通，同时集中修筑了6个炮兵阵地，并且在沿河一带修建了一连串炮兵阵地。在修筑工事的时候，康沃利斯巧妙地利用自然资源和地理环境，在周边构筑了一道防御的工事。看得出来，他的确是一位经验丰富的将领。在格洛斯特角，他同样修筑了牢固的堡垒和阵地，居高临下地控制着约克河。

9月25日左右，美军的大部分兵力已经集中到

wēi lián sī bǎo   zài fù jìn ān yíng zhā zhài   wèi zhè cì jué dìng xìng de zhàn yì
威廉斯堡，在附近安营扎寨，为这次决定性的战役
zuò zhe zhǔn bèi
作着准备。

　　huá shèng dùn de dà bù fen shí jiān dōu huā zài yán jiū yuē kè dūn de jūn
　　华盛顿的大部分时间都花在研究约克敦的军
shì bù shǔ shang   yì tiān   yóu yú gōng zuò dào hěn wǎn   bù néng jí shí gǎn
事部署上。一天，由于工作到很晚，不能及时赶
huí yíng dì   tā hé tóng xíng de rén zhǐ dé lù sù hù wài   tā shuì zài yì kē
回营地，他和同行的人只得露宿户外。他睡在一棵
dà sāng shù xià   bǎ shù gēn dàng zuò zhěn tóu   kàn zhe mǎn
大桑树下，把树根当做枕头，看着满
tiān de xīng xing   bù jīn hěn gǎn kǎi de shuō   jì bù qīng chu
天的星星，不禁很感慨地说："记不清楚
yǒu duō cháng shí jiān méi yǒu zǐ xì kàn guo tiān kōng le
有多长时间没有仔细看过天空了。"

　　yí wèi cān móu xiào zhe shuō   nín zhěng tiān máng zhe
　　一位参谋笑着说："您整天忙着
jūn shì hé zhàn dòu   nǎ yǒu nà me duō shí jiān
军事和战斗，哪有那么多时间？"

　　shì ya   bú guò zhè yí qiè jiù kuài jié shù le   yuē
　　"是呀！不过这一切就快结束了！约
kè dūn zhàn yì jiāng yǒu jué dìng xìng de zuò yòng
克敦战役将有决定性的作用。"

　　yí wèi fù guān xiǎo xīn yì yì de wèn dào   zǒng sī lìng xiān sheng   yīng jūn
　　一位副官小心翼翼地问道："总司令先生，英军
kāng wò lì sī de bù duì hěn jiān qiáng   nín jué de wǒ men
康沃利斯的部队很坚强，您觉得我们……"

　　huá shèng dùn mǎ shàng jiān dìng de huí dá dào   wǒ hěn yǒu xìn xīn   kāng
　　华盛顿马上坚定地回答道："我很有信心。康
wò lì sī bú kuì shì míng jiàng   dàn tā yǒu liǎng ge lòu dòng
沃利斯不愧是名将，但他有两个漏洞。"

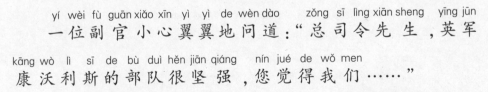

dà jiā dōu rèn zhēn tīng huá shèng dùn fēn xī zhàn jú
大家都认真听华盛顿分析战局。

dì yī diǎn kāng wò lì sī de fáng yù gōng shì bù shǔ de hěn cháng
"第一点，康沃利斯的防御工事部署得很长，

zhè xiē bǎo lěi xū yào hěn duō rén hù wèi wǒ men yǐ jīng bǎ tā de yuán jūn
这些堡垒需要很多人护卫。我们已经把他的援军

de dào lù fēng zhù píng tā xiàn yǒu de bīng lì tā shì wú fǎ fáng shǒu rú
的道路封住，凭他现有的兵力，他是无法防守如

cǐ cháng de zhàn xiàn de dì èr diǎn yě shì hěn zhòng yào de yì diǎn tā
此长的战线的。第二点，也是很重要的一点，他

shì yí ge hěn jiāo ào de jiàng lǐng yì zhí dōu qiáo bu qǐ wǒ men de mín bīng
是一个很骄傲的将领，一直都瞧不起我们的民兵

duì wu zhè gěi wǒ men hěn dà de fā huī kōng jiān jiù píng zhè liǎng diǎn wǒ
队伍，这给我们很大的发挥空间。就凭这两点，我

men yǐ jīng yǒu xiāng dāng dà de bǎ wò le hé kuàng xiàn zài yòu yǒu fǎ jūn
们已经有相当大的把握了，何况现在又有法军

的海上支持。"华盛顿滔滔不绝地说。

大家纷纷点头称是。接着,华盛顿又轻轻地说道:"不过,这将是一场艰苦的战斗!"

果然不出华盛顿所料,由于缺乏人力,康沃利斯不得不放弃他在周边的工事,把所有军队撤退到城内。这些周边工事马上被美法军队占领,并以此掩护修筑围攻工事的军队。

9月28日,华盛顿命令军队向约克敦前进,在离城镇不到两千米的地方扎营。同时,他命令法国将领德舒瓦齐的陆军中队和美国的劳赞军团、威登军团联合渡过约克河,监视着格洛斯特角的敌人。华盛顿还命令军队连夜在敌人前线紧急修筑堡垒和阵地,他亲自督阵。

由于修筑的堡垒位于敌人的射程以内,十分危险,华盛顿第二天吃过早饭,就准备前往阵地视察。

一位副官拦住华盛顿，说道："总司令先生，我得阻止您，那里已经被敌人监视，非常危险。"

华盛顿轻轻地推开他的手，继续前行，只说了一句话："我要和我的士兵在一起！"

修筑堡垒的士兵已经十分疲倦，不时还会遭到敌人炮弹和子弹的袭击，华盛顿的到来大大地鼓舞了他们的士气。他那句"我要和我的士兵在一起"的话，很快传遍了整个营地，士兵们情绪高涨，信心十足。

站在即将修筑好的堡垒里，华盛顿望着不远处飘扬的英国国旗，暗暗地对自己说："是摘下你的时候了！"

准备工作已经一切就绪，只等进攻的号角吹响。

光荣的胜利

这是一个平静的夜晚，既没有炮火声，也没有枪弹声，似乎美军对约克敦的进攻暂时告一段落。但是在美军营地，总司令的军帐里却灯火通明，华盛顿正在作重要的战略部署，所有校级以上的军官都集中在这里。

华盛顿对这段时间的工作作了一个简单的总结："我们占领了约克敦附近90%的制高点，逼迫英军撤退到城内，并在离敌人工事不到两百米的地方修筑了两条平行堑壕。另外，法国舰队在海上已经作好了进攻的充分准备。"

军官们脸上露出了难得的笑容。华盛顿看了看他们的表情，压低声音说："那么，现在，就是

fā qǐ zǒng gōng jī de shí hou le
发起总攻击的时候了!"

dà jiā liǎn shang lù chū yuè yuè yù shì de biǎo qíng děng dài le xǔ jiǔ
大家脸上露出跃跃欲试的表情,等待了许久

de fǎn jī jí jiāng zhǎn kāi huá shèng dùn kāi shǐ fēn pèi rèn wu
的反击即将展开。华盛顿开始分配任务。

zhè shì yí cì zhěng tǐ xíng dòng suǒ yǒu rén dōu bì xū pèi hé bù
"这是一次整体行动,所有人都必须配合,不

yǔn xǔ rèn hé yí ge huán jié chū xiàn shī wù huá shèng dùn yán lì de shuō
允许任何一个环节出现失误!"华盛顿严厉地说。

hàn mì ěr dùn shào xiào nǐ fù zé yuē kè dūn zuǒ bian de bǎo lěi
"汉密尔顿少校,你负责约克敦左边的堡垒;

jí mǎ zhōng xiào nǐ jìn gōng yòu bian de bǎo lěi nǐ men shì zhè yí cì zhàn
吉马中校,你进攻右边的堡垒。你们是这一次战

yì de xiān tóu bù duì yǐ yān huǒ wéi xìn hào tóng shí jìn gōng xiān tóu bù
役的先头部队,以烟火为信号,同时进攻。先头部

队由汉密尔顿少校统一指挥。"

"普特南将军，你率领军队驻守高地，在进攻约克敦的时候，要以炮火掩护进攻！"

"德舒瓦齐先生，您的部队留守在格洛斯特角，防止康沃利斯的部队从这个方向逃跑！"

"拉斐德侯爵，请您联络德格拉塞伯爵，请他的舰队在海上给予支持！"

部署完毕后，华盛顿严肃地说："现在宣布军令：不得临阵脱逃，不得延误战机，不得滥杀无辜！"

"是，总司令先生！"军官们整齐地回答。

汉密尔少校顿率领先头部队对敌人的堡垒展开进攻。这是这次战役的开始，关系到以后每个环节的进展情况。华盛顿和一些将领站在一个大的炮兵阵地上，注视着这次行动。

汉密尔顿少校和吉马中校率领部队悄悄潜伏到敌人的堡垒附近，华盛顿看到他们准备完毕，命令点燃烟火，进攻正式开始。

当时敌人还在睡梦之中，因此被美军打了个措手不及。汉密尔顿少校是个性急的将军，他的手下也跟他一样性急。士兵们不等坑道工兵按照正规方式破坏栅栏，而是直接用手破坏掉，然后冲上前去。

华盛顿看见一个士兵单腿跪在地上，汉密尔顿少校一只脚踩在他肩上，第一个冲上高墙。

"很好，汉密尔顿！"华盛顿为他的表现喝彩。

"军官就应该这样，身先士卒！"华盛顿旁边的一位参谋也说道。

"司令，您看！他们没有开枪，全部是靠刺刀。"又一位参谋说道。吉马中校率领士兵正在攻打右边的堡垒。华盛顿也正密切关注他们的行动。"不错，沉稳的作风，不急不躁。"华盛顿说。

"哦，天哪！到底是怎么回事？"华盛顿突然叫

道。他看见一个人倒了下来。陪同他的诺克斯将

军马上回答说："吉马中校的部队遇到抵抗。德

拉梅特少尉被击中了！"

阵地上人们的心都提起来了，吉马中校的部

队和敌人顽强地战斗着。这时，华盛顿所处的位

置十分危险，他暴露在敌人的射程之内，随时都

有可能被子弹击中。将领们对此感到十分不安。

林肯将军劝他说："总司令先生，这里太危险

了，请您退到安全的地方。"

华盛顿指着远处还在和敌人激战的士兵

说："跟那里的士兵比起来，这里就是安全地带！"

他的话刚刚说完，一颗子弹就打到了他身边的

大炮上，沿着炮身落到了他脚边。

诺克斯将军一把抓住华盛顿的手臂，惊恐地

喊道："亲爱的司令先生，我们不能失去您！"

华盛顿看着他脚边的那颗子弹，平静地说：

"这颗子弹已经没有威力，对我不会造成危害。"

无论诺克斯将军如何劝说，他都不肯离开这里。

没过多久，随着一阵欢呼声，敌人被打垮，吉马中校的部队冲上了堡垒顶。在两座堡垒上，士兵们都插上了美国的星条旗。

华盛顿欣喜地看着这一幕，长长地出了一口气，转过头对诺克斯将军说道："勇敢的士兵！我们的第一步作战计划顺利完成。现在，不用你劝说，我也要下去了。"

华盛顿一边走，一边对守候在一旁的传令兵说："马上传令下去，开始第二步作战计划！"

传令兵立刻去执行。

格林将军和他的军队整装待发，一直在等候总司令的命令。接到命令以后，格林将军骑着马，精神抖擞地对

士兵们说："你们是我们国家最勇猛的军人,现在是建立功勋的好机会。"他手指着约克敦的方向,发布命令："前进,占领它!"

士兵们受到激励,开始进行猛烈的进攻。敌人的防守十分坚固,子弹密集地从堡垒里射出,美军的先遣部队受伤严重。

华盛顿注意到了这个情况,焦急地喊道："炮火支持!普特南将军的炮兵干什么去了?"

一位军官上前一步,回答说："普特南将军的炮火正在轰炸敌人的堡垒。这个堡垒比我们想象的要坚固得多,兵力部署也较多,超出了预定计划。普特南将军正从其他地方调遣大炮支持。"

很快,调遣来的大炮派上了用场,敌人的堡垒逐渐变成废墟,美军的进攻也变得畅通无阻。

从格洛斯特角那里传来战报,德舒瓦齐将军

chéng gōng de zǔ zhǐ le yīng jūn de chè tuì xíng dòng
成功地阻止了英军的撤退行动。

huá shèng dùn duì zhàn dòu de jìn zhǎn gǎn dào fēi cháng mǎn yì zhè shí
华盛顿对战斗的进展感到非常满意。这时，

gé lín jiāng jūn pài rén dài lái qián xiàn de zuì xīn xiāo xi yīng jūn jiàng lǐng
格林将军派人带来前线的最新消息："英军将领

kāng wò lì sī qǐng qiú tíng zhàn yāo qiú yǔ wǒ jūn jìn xíng tán pàn tǎo lùn
康沃利斯请求停战，要求与我军进行谈判，讨论

tíng zhàn shì yí qǐng sī lìng zhǐ shì
停战事宜。请司令指示。"

huá shèng dùn zhēng qiú cān móu men de yì jiàn
华盛顿征求参谋们的意见。

àn zhào wǒ jūn mù qián de qíng kuàng fā zhǎn xia qu yīng jūn tóu xiáng
"按照我军目前的情况发展下去，英军投降

zhǐ shì zǎo wǎn de wèn tí
只是早晚的问题。"

"我认为可以接受这个请求。但是为了防止英军耍诈，军队不能从前线撤退，并且我们要严密监视他们有无援军。"

"督促英军尽快同意投降条件，由我们马上接管约克敦！"

华盛顿采纳了参谋们的意见，并由格林将军转告了康沃利斯勋爵。迫于形势，康沃利斯勋爵不得不同意了美军的条件。

就在10月19日的下午2时，英军举行了正式的投降仪式。在大道的两旁，美法联军排成约一千米长的两列队伍，华盛顿骑着一匹高大的骏马，走在队伍的最前面，在他的身后是德格拉塞伯爵和所有的将领。英国部队由奥哈拉将军带领，排着队缓缓地从约克敦出来。

奥哈拉将军来到华盛顿面前，从马上下来，

摘下帽子，对华盛顿说："康沃利斯勋爵由于连日作战，身体不适，不能亲自前来向司令先生的胜利表示祝贺，深感歉意。"

即使是面对投降的敌人，华盛顿依然很有礼貌。他说道："我很遗憾听到勋爵先生身体不适的消息，请转达我对他的问候。"

奥哈拉将军说："请美国军队接受我们的投降！"

华盛顿说道："对英国军人在战争中的表现，我深感敬佩。能有你们这样的对手，是我们的荣幸。"

接着，华盛顿用庄重的礼仪接受了英军的投降。

人民从四面八方赶来，见证了这个历史时刻。不久以前还在他们面前耀武扬威的殖民

者，如今却成了自己国家军队的手下败将，所有
人都激动地看着这一幕。

仪式结束以后，人群里爆发出"革命万岁"的
呼喊声。听着人们发自肺腑的声音，华盛顿骑
在马上缓缓地向城内走去。回想着这次胜
利，华盛顿在心里说道："是呀，革命万岁！光明
就在眼前，但还需要人们不断地努力。"

告别军队

1783年，经过8年的艰苦斗争，和平的消息终于传来：英国承认美国独立！人们奔走相告，而最为欣慰的莫过于华盛顿和他的士兵们。他们可以卸下这身厚重的军装，回到家园做一名普通的百姓了。

在接到大陆会议解散大陆军的通知后，华盛顿用朋友的口吻向他的士兵们发表了告别演说。8年的朝夕相处、同甘共苦，他和士兵们建立了超越等级的友谊。他肯定了他们在战争中的贡献，赞扬了他们的勇敢，感谢他们的付出，同时向他们送上真诚美好的祝福。

这支奋战8年的军队终于完成它的历史使

命，在战士们的依依不舍中宣告解散。华盛顿

也要前往大陆会议辞去总司令的职务，然后就可

以回到弗农山庄，享受平静的日子了。

12月底，华盛顿来到了安纳波利斯，大陆会议

正在这里开会。华盛顿要正式辞去职务，人们

将为他在大陆会议厅举行一个小小的仪式。

在安纳波利斯，华盛顿受到了热列的欢迎。

人们用最真诚的笑容、最热烈的掌声向他表

示感谢，感谢他为这块土地带来自由、和平和安宁。

等候会议开始的时候，华盛顿遇见了许多老

朋友。因为战争的关系，他们已经很久没有见

面了。

"嘿，华盛顿，你的头发都白了！"

"老朋友，等你卸任以后，我要去弗农山庄，

你可要好好儿招待我呀！"

朋友们纷纷来和华盛顿打招呼，弄得他简直

yǒu xiē yìng jiē bù xiá le　yǒu yì xiē rén suī rán bú rèn shi tā　dàn duì tā
有些应接不暇了。有一些人虽然不认识他，但对他

dōu shì yǎng mù yǐ jiǔ　yú shì yě shàng qián hé tā wò shǒu　yōng bào　xiàng
都是仰慕已久，于是也上前和他握手、拥抱，向

tā biǎo shì zhù hè
他表示祝贺。

huá shèng dùn zǒu jìn huì yì tīng　lǐ miàn zǎo yǐ zuò mǎn le rén　suǒ
华盛顿走进会议厅，里面早已坐满了人。所

yǒu rén dōu qǐ shēn gǔ zhǎng　yíng jiē tā de dào lái　mì shū jiāng tā dài dào
有人都起身鼓掌，迎接他的到来。秘书将他带到

zuò wèi shang　zhè shì zhuān mén wèi tā shè zhì de zuò wèi
座位上，这是专门为他设置的座位。

huì yì de zhǔ xí mǐ fū lín jiāng jūn xuān bù　hé zhòng guó dà lù huì
会议的主席米夫林将军宣布："合众国大陆会

yì kāi huì　cǐ cì huì yì de zhǔ tí shì huá shèng dùn xiān sheng de cí zhí
议开会！此次会议的主题是华盛顿先生的辞职。"

shǒu xiān shì yí wèi wěi yuán fā yán　tā xiàng zài zuò de wěi yuán jiè shào
首先是一位委员发言。他向在座的委员介绍

le zài guò qù de　nián zhōng　huá shèng dùn suǒ qǔ dé de zhǔ yào gōng jì
了在过去的8年中，华盛顿所取得的主要功绩。

zhè xiē shì qing qí shí zǎo yǐ wéi rén men suǒ shú zhī　dàn rén men hái shi huái
这些事情其实早已为人们所熟知，但人们还是怀

zhe gǎn ēn de xīn qíng tīng zhe wěi yuán de fā yán　zuì hòu　zhè wèi wěi yuán
着感恩的心情听着委员的发言。最后，这位委员

shuō dào　huá shèng dùn xiān sheng píng jiè tā chū sè de cái néng　bǎ quán guó
说道："华盛顿先生凭借他出色的才能，把全国

rén mín jǐn jǐn de níng jù zài tā zhōu wéi　zài jiān kǔ de tiáo jiàn xià　è liè
人民紧紧地凝聚在他周围。在艰苦的条件下、恶劣

de huán jìng zhōng　tā bǎ yì qún jì lǜ sǎn màn de nóng mín xùn liàn chéng jì
的环境中，他把一群纪律散漫的农民训练成纪

lǜ yán míng de jūn rén　bìng lǐng dǎo tā men zhàn shèng le qiáng dà de dí
律严明的军人，并领导他们战胜了强大的敌

人，为合众国赢得了独立。在此，我谨代表蒙受您恩惠的人们向您表示感激。"

这位委员的发言结束以后，政府的一位财政官员对人们说道："华盛顿先生在战场上英勇作战，有人却不公平地说他是带着发财的目的为国家服务。我要公布一份报告，是华盛顿先生在战争期间的所有开支。这些强有力的证据将会向我们说明，华盛顿先生是一位多么无私的人。"

在这份报告中，华盛顿总共的花费是140500英镑，全部都是用在了战争以及与战争有关的事务上。

过了一会儿，米夫林将军对华盛顿说："现在请您发表意见。"

华盛顿站起身来，用他一贯谦虚的语气，感谢大陆会议和友好的人们对他善意的言语。接着，他发表了一个简短的演讲："这场战争是美国的胜利，8年的艰苦抗战让我们得到一个自豪的结论：只要美国人民团结起来，就一定能够取得任何胜利！感谢所有的士兵，感谢所有的军官，感谢所有为战争提供过帮助的人们。在我的使命结束之际，我祈求全能的上帝保佑他们！……我向大陆会议表示真诚的祝贺，因为在你们英明的领导下，我们才能够取得一次又一次的胜利。我已完成你们赋予我的历史使命，现在请求你们收回对我的任命。我在这里交出我的委任状，并且结束一切公职！"

说完后，华盛顿将大陆会议1775年颁发给他的委任状庄重地递给会议主席，米夫林将军双手接过。这个简单的交接动作，表示华盛顿正式辞去大陆军

总司令的职务。

大厅里掌声雷动，人们为美国的最后胜利兴奋不已，但又为华盛顿的离开感到伤心。人们开始发出整齐的呐喊声："华盛顿！华盛顿！华盛顿！……"

华盛顿不得不一次又一次地起身向他们表示感谢。

米夫林将军神秘地对华盛顿说："华盛顿先生，散会后，请您到二楼的宴会大厅。在那里，有份送给您的离职礼物。"

仪式结束以后，华盛顿想着米夫林将军的话来到宴会大厅。一推开门，他就愣住了。原来，里面全是这8年来跟他同甘苦共患难的老战友。他顿时激动得不能自己，平时那种克制的神情完全消失了。他的老战友们也激动地注视着他，虽然他们都是征战沙场多年的老将，这时眼角也

dōu shǎn shuò zhe lèi guāng
都 闪 烁 着 泪 光 。

huá shèng dùn de zuò wèi bèi ān pái zài dà tīng de qián fāng   zài zhàn yǒu
华 盛 顿 的 座 位 被 安 排 在 大 厅 的 前 方 , 在 战 友

men de zhù shì xia   tā xiàng qián zǒu qù   xī rì de zhàn yǒu wéi zuò zài tā zhōu
们 的 注 视 下 , 他 向 前 走 去 。 昔 日 的 战 友 围 坐 在 他 周

wéi   zhàn zhēng jié shù le yǐ hòu   tā men zhī zhōng de yì xiē rén huì jì
围 。 战 争 结 束 了 以 后 , 他 们 之 中 的 一 些 人 会 继

xù zài jūn duì li rèn zhí   yě yǒu rén gēn huá shèng dùn yí yàng   huì jiě jiǎ
续 在 军 队 里 任 职 , 也 有 人 跟 华 盛 顿 一 样 , 会 解 甲

guī tián
归 田 。

dà jiā dōu kàn zhe huá shèng dùn   yì shí jiān chén mò wú yǔ   huá shèng
大 家 都 看 着 华 盛 顿 , 一 时 间 沉 默 无 语 。 华 盛

dùn zhēn le yì bēi jiǔ   àn rán de duì tā men shuō   wǒ xiàn zài huái zhe
顿 斟 了 一 杯 酒 , 黯 然 地 对 他 们 说 :" 我 现 在 怀 着

gǎn jī   rè ài hé yī yī bù shě de xīn qíng xiàng nǐ men gào bié   zhōng xīn
感 激 、 热 爱 和 依 依 不 舍 的 心 情 向 你 们 告 别 , 衷 心

de zhù yuàn nǐ men jiàn kāng   xìng fú   ràng wǒ men gān bēi
地 祝 愿 你 们 健 康 、 幸 福 ! 让 我 们 干 杯 !"

gān bēi   dà jiā gòng tóng jǔ bēi
" 干 杯 !" 大 家 共 同 举 杯 。

yǒu yí wèi jūn guān zài cì jǔ qǐ jiǔ bēi   tí yì dào   wèi zǒng sī lìng
有 一 位 军 官 再 次 举 起 酒 杯 , 提 议 道 :" 为 总 司 令

de jiàn kāng   gān bēi
的 健 康 , 干 杯 !"

wǒ yǐ jīng cí qù zhí wù   bú zài shì zǒng sī lìng le   huá shèng dùn shuō
" 我 已 经 辞 去 职 务 , 不 再 是 总 司 令 了 。" 华 盛 顿 说 。

bù   xiān sheng   zài wǒ men yǎn li   nín yǒng yuǎn shì ràng rén zūn jìng
" 不 , 先 生 , 在 我 们 眼 里 , 您 永 远 是 让 人 尊 敬

de dà lù jūn zǒng sī lìng
的 大 陆 军 总 司 令 !"

听着他们热忱的话语，华盛顿感动得将杯中的酒一饮而尽。然后，他略带感伤地说道："我不能向你们一一告别，但是，如果你们每一个人愿意前来和我握手，我将非常感激。"

离得最近的诺克斯将军首先冲了上去，华盛顿感动得流下泪来。他紧紧地握着诺克斯将军的手说："好兄弟！"两个人紧紧地拥抱在一起。

军官们一个接一个地走向前和华盛顿握别。

普特南将军抓住华盛顿的手，华盛顿也抓住他的手，说道："普特南，来自康涅狄格的神炮手，你的那门'大陆会议号'大炮，是战争获胜的功臣！"

"总司令，我，我，司令……"这位在战场上镇定自若的老将已经无法说出完整的话。

里德一直担任华盛顿的私人秘书，这时，他走上前说："将军，在共同生活8年之后，我不得不向您道别，但请相信，我还会一如既往地关怀您！"

"里德，你是我最亲近的秘书，你在战争中给我的帮助，我会铭记在心。弗农山庄随时欢迎你的光临！"华盛顿热情地说。

紧接着，格林将军走过来真诚地对华盛顿说道："将军，分别以后，希望您能享受您一直盼望的宁静生活。"

华盛顿说道："我的好朋友，无论在多么困难的时候，你都在我的身边，为我分忧解难。也请你向格林夫人转达我对她的问候，她是一位高贵的女士！"

随后，华盛顿对紧握住他手的汉密尔顿少校说道："哦，汉密尔顿，我的少校先生！年轻人，你将成为我们国家的栋梁，我对你的才能毫不怀疑。"

华盛顿和老战友的情感是如此炽热和真挚。他和每一个战友告别，和他们握手、拥抱、倾心交谈。在他一生中，他从没有像今天这样多话。

离别的时刻毕竟还是来到了，他们都没有再说话。战友们面容严肃地跟着他们爱戴的总司令走出宴会厅，穿过走廊和楼道，华盛顿的仆人正牵着马在门口等着他。

在众人的注视下，华盛顿缓缓跨上马背，默默无语地挥动帽子向他们告别，战友们也用同样的方式和他说着"再见"。华盛顿在离开很长一段距离之后，回过头来，还能看到战友们挥动

zhe mào zi de shǒu bì
着帽子的手臂。

huá shèng dùn de pú rén wēi lián yú kuài de gēn zài tā de shēn hòu wēi
华盛顿的仆人威廉愉快地跟在他的身后。威

lián bìng bù néng tǐ huì huá shèng dùn cǐ kè yǔ zhàn yǒu fēn bié de xīn qíng
廉并不能体会华盛顿此刻与战友分别的心情，

shèn zhì chàng qǐ le fú jí ní yà liú xíng de xiǎo diào
甚至唱起了弗吉尼亚流行的小调。

kàn dào huá shèng dùn zhù shì zhe tā wēi lián tíng zhǐ le gē chàng mǎn
看到华盛顿注视着他，威廉停止了歌唱，满

miàn xiào róng de shuō xiān sheng qǐng yuán liàng wǒ dǎ rǎo le nín yīn wei mǎ
面笑容地说："先生，请原谅我打扰了您。因为马

shàng kě yǐ huí dào jiā xiāng le wǒ kòng zhì bu zhù jī dòng de xīn qíng
上可以回到家乡了，我控制不住激动的心情。"

huá shèng dùn qí zài mǎ bèi shang kàn zhe lù biān de jǐng sè yuè lái yuè
华盛顿骑在马背上，看着路边的景色越来越

shú xī lí jiā xiāng de jù lí yuè lái yuè jìn yě bèi wēi lián de xīn qíng gǎn
熟悉，离家乡的距离越来越近，也被威廉的心情感

rǎn pò tiān huāng de hēng qǐ le xiǎo diào shì ya zhàn zhēng jié shù le
染，破天荒地哼起了小调。是呀！战争结束了，

qī zi zhèng zài jiā li pàn wàng zhe tā de guī lái méi yǒu shén me bǐ huí jiā
妻子正在家里盼望着他的归来，没有什么比回家

gèng ràng rén xīng fèn de le
更让人兴奋的了。

huá shèng dùn hé pú rén kuài mǎ jiā biān de xiàng jiā li gǎn qù tā zài
华盛顿和仆人快马加鞭地向家里赶去，他在

xīn li duì zì jǐ shuō fú nóng shān zhuāng wǒ huí lai le
心里对自己说："弗农山庄，我回来了！"

第六章 首任总统

jié shù le róng mǎ shēng yá de huá shèng dùn   hái méi hǎo hǎo xiǎng shòu
结束了戎马生涯的华盛顿，还没好好享受

fú nóng shān zhuāng níng jìng de tián yuán shēng huó   yòu bèi shēn ài zhe tā de
弗农山庄宁静的田园生活，又被深爱着他的

rén mín tuī xuǎn wéi měi lì jiān hé zhòng guó zǒng tǒng   wèi zhè ge xīn shēng guó
人民推选为美利坚合众国总统，为这个新生国

jiā de qiáng dà hé fā zhǎn fèn dòu
家的强大和发展奋斗。

第一任总统

1787 年，美国的第一部宪法正式颁布。宪法规定美国是一个联邦国家，实行总统制，总统既是国家元首，又是三军统帅。1789 年，国会指定由美国人民按照宪法选举总统。全国人民几乎不约而同地一致推选华盛顿出任总统。4 月 14 日，国会主席正式通知华盛顿，他已被选为美利坚合众国的第一任总统。

当时，华盛顿正在弗农山庄和妻子享受着恬静的庄园生活，他对这个消息感到错愕不已。得到消息的朋友赶到弗农山庄，向他表示祝贺。

华盛顿和远道而来的朋友在客厅里聊天，玛莎忙着为他们准备晚餐。

弗吉尼亚州议会的议长真诚地向华盛顿表示祝贺:"华盛顿先生,我和全美国人民一样,对您当选为总统感到欢欣鼓舞。"

"议长先生,感谢您的信任。可是,对这项任命,我感到左右为难。"华盛顿说道。

议长说道:"我希望能够为您分担烦恼。"

"我曾经向人们说过,我不再进入政界或是军界,而是希望和家人过平静的乡村生活。"华

盛顿说。

"我们都知道您心里的这种愿望,也希望您能够过您内心渴望的生活。但是如今新生的合众国百废待兴,我们不得不恳求您为了人民再次担当重任。"议长非常诚恳地说道。

一位客人也过来劝说:"先生,战争好不容易才结束,谁也不愿意打扰您的生活。在选举总统的时候,人们只是自然地写下了各自心中最信赖的人,谁知竟然都不约而同地选择了您。"

华盛顿说:"对人民的信任我满怀感激。只要能够为公众谋取福利,我愿意尽我的能力去完成。"

华盛顿对国家和人民的忠诚,在任何时候都是不容怀疑的。"可是,各位,在今天以前,"他继续说道,"我从未处理过民政事务。如今,将这么大的国家交给我治理,我恐怕力不从心。"

来自宾夕法尼亚的客人瓦农先生激动地说

道："先生，您在战场上的指挥能力举世公认。

您有化腐朽为神奇的能力，您将傲慢的殖民者军

队赶出我们的家园，这是上帝赐予的力量，请您

不要吝惜，继续发挥吧！"

议长也劝说道："放眼美洲大陆，没有人比您

更有威信，更有能力，更能够让人信服了。所有

人都相信您将会像率领军队一样，带领这个新

兴国家的人民取得新的胜利。"

人们竭力劝说和真诚恳求他接受合众国

人民赋予的这一项重任，华盛顿默默无语。良

久，他才缓慢地说："总统职务是公众赋予我的

一份很沉重的责任。为了人民和国家，我唯有竭

尽全力，才能够不辜负你们的期望。"

这说明华盛顿已准备接受这个职务，在场

的客人都感到十分高兴。

"华盛顿先生，"瓦农先生说道，"人们会为

您这个英明的决定欢呼雀跃的！"

在决定出任总统之后，华盛顿立刻开始安排家务，准备动身前往政府所在地。临走之前，他到弗雷德里克斯堡看望了敬爱的母亲。他的母亲此时身患重病，恐怕即将不久于人世。华盛顿对此感到非常痛苦。他11岁的时候父亲就去世了，是母亲抚养和教育了他。

在母亲的病榻前，华盛顿和她道别。母亲已经知道他将出任总统的消息，并为此感到骄傲。她对儿子的成就一向不给予过分的赞扬，可是这次，看到他因为自己的美德赢得了最高荣誉，她感到欣慰和满足。

辞别母亲以后，华盛顿和妻子玛莎乘船赶往纽约，参加即将举行的就职典礼。他们夫妇一走出码头，就被喜悦的人们包围，礼炮声隆隆作响，群众的欢呼声响彻云霄。

看着兴高采烈的人们，华盛顿感到愉快，但更多的是忧心忡忡。他对身边的妻子说道："亲爱的，我希望上帝赐予我力量，让我能够为人民谋得幸福。为了他们，我愿意竭尽全力。可是，我担心我的能力不够……"玛莎深情地注视着他，握着他的手说："我和所有人一样，相信你是我们最优秀的总统。亲爱的，请你务必记住，不管发生任何事，我都会陪伴在你身旁。"

4月30日，总统宣誓就职典礼预定在参议院议事大厅前面的阳台上举行。早上，纽约市所有的教堂都举行了祈祷仪式，祷告上帝降福给新政府；军队在华盛顿的门前列队待命；国会委员和各部门首长坐着马车来迎接华盛顿前往参议院。

华盛顿穿着一套美国制的服装，佩带着一把钢柄的指挥刀，头发理成当时时兴的样式，告别妻子，坐上停在门外的四轮马车，在众人的簇拥

下出发了。

军队为华盛顿在前面开道,外国使节和排成一列的公民跟随在他的马车后面。当初,在与国会讨论就职典礼的时候,华盛顿极力要求简单朴素,但国会考虑到这是合众国的第一次总统就职典礼,倾向于盛大的场面。这与华盛顿谦虚、不张扬的天性非常不合,但他也只得遵守。

在距离议事大厅两百米左右的地方,华盛顿和随行人员从马车上走下来,军队的士兵们穿着整齐漂亮的服装庄严地站立在道路两旁。

华盛顿走进议事大厅,副总统约翰·亚当斯先生和参众两院议员早已聚集在那里。

亚当斯先生走上前迎接华盛顿:"华盛顿先生,参众两院所有议员欢迎您,请您就座。"他引导华盛顿到会议室里一张华丽的椅子上坐下。一时间,会议室内变得鸦雀无声,气氛十分庄严。一位礼仪官进来报告："典礼的时间已到，请华盛顿总统和所有贵宾前往指定地点！"

华盛顿首先走出来，亚当斯先生紧随其后，其他人鱼贯而出。他们来到议事大厅前面的阳台上。典礼的主持人纽约州大法官罗伯特·利文斯顿先生，正恭敬地等候着华盛顿的到来。

参议院议事大厅的中央摆放着一张桌子，上面铺着深红色天鹅绒桌布，在衬垫上放着一本精美的《圣经》。来自纽约州和全国各地的人们，全部聚集在阳台下，怀着激动的心情等候着华盛顿的出现。当华盛顿出现在人们面前时，人们欢声雷动。他气度高雅，神色坚定，这

就是当年在战场上所向披靡的大陆军总司令，如今即将成为合众国的总统，让人信赖的华盛顿先生。人们毫不吝惜地用掌

声 向他问候。

华盛顿为人们流露出的挚爱之情所感动。他走到前面，用手贴着胸，接连鞠了几次躬，然后站直身子。亚当斯先生站在他的右边，大法官利文斯顿先生站在他的左边。

大法官先生走向桌子，欢呼的人群安静下来，总统宣誓就职典礼马上就要开始了。大法官先生举起放在桌面上的《圣经》，开始宣读誓词。他读得很慢，也很清楚，华盛顿一直将自己的手放在摊开的《圣经》上，神情肃穆。

誓词宣读完毕后，华盛顿庄严地回答说："我谨庄严宣誓，我将忠实地履行美利坚合众国总统之职，竭尽全力，恪守、维护和捍卫合众国宪法。愿上帝帮助我。"然后，他恭恭敬敬地弯下身子，亲吻《圣经》。

"典礼结束！"大法官先生大声宣布。他转

过身面向观礼的人群，激动地挥舞着右手，高声喊道："合众国总统乔治·华盛顿万岁！"

"万岁！总统万岁！"

"华盛顿万岁！"

人们的欢呼声此起彼落。这

时，议事大厅的屋顶上缓缓升起一面旗帜，炮台上大炮齐鸣，全市的钟都被敲响，四处都回荡着悠扬的钟声。

华盛顿再次向群众鞠躬，以表示感谢。然后，他用惯有的谦虚、温和的嗓音向公众发表就职演说。人们屏息凝听。他的声音低沉、和缓，他向人们表达着他对国家的热爱和对人民的忠诚，向人们表示他必将以全力建设国家，并希望得到人们的支持。

美利坚合众国第一任总统就此诞生了。

告别政坛

1797年3月3日，在美国总统办公室里，华盛顿留恋地看着里面的一桌一椅。今天是他担任总统公职的最后一天，也是他在这间办公室工作的最后一天。

下任总统在一个月前已经选举出来，他是华盛顿的老朋友约翰·亚当斯先生。最近一段时间，华盛顿一直忙着移交权力和事务，目前他所做的只是一些礼节上的工作。上午他接待了一个外国使节团，中午会见了独立战争期间的老兵代表，刚刚去看了看明天总统就职典礼的准备情况。现在他回到办公室，开始整理自己的东西。

华盛顿的动作非常缓慢，他一边整理东西

一边回忆着过去的事情。秘书利尔先生默默地在旁边陪伴着他。"8年了，在这间办公室，我待了整整8年！"华盛顿无限感慨地说。

从1789年就任美国总统以来，华盛顿在这里处理大小事务，解决各种争端，接见各国客人，这里留下了他许多宝贵的回忆。

利尔先生是哈佛大学毕业的高材生，从独立战争结束以后，就主动来到弗农山庄担任华盛顿的私人秘书。从那时起他一直陪伴华盛顿到现在，他见证了许多历史时刻。

"利尔，你还记得我们刚来的时候吗？"华盛顿问道。

利尔笑了，回答道："怎么会不记得呢？当时这间办公室非常杂乱，还是我整理出来的呢。先生，您现在坐的位置当时还放着一大堆档案。"

华盛顿也笑着说："国会委员们忙着为我的

jiù zhí diǎn lǐ zhǔn bèi háo huá de mǎ chē què wàng le bāng wǒ zhěng lǐ chū
就职典礼准备豪华的马车，却忘了帮我整理出

yì jiān gān jìng de bàn gōng shì
一间干净的办公室。"

lì ěr shuō dào zhè yě nán guài tā men yě shì dì yī cì bàn lǐ zǒng
利尔说道："这也难怪，他们也是第一次办理总

tǒng jiù zhí nán miǎn kǎo lǜ bù zhōu
统就职，难免考虑不周。"

nián le ya huá shèng dùn duì tā shuō nǐ jì de zuì qīng chu de
"8年了呀！"华盛顿对他说，"你记得最清楚的

shì nǎ jiàn shì
是哪件事？"

lì ěr xiǎng le yí xià shuō dào shèng kè lái ěr jiāng jūn zài biān jiāng
利尔想了一下，说道："圣克莱尔将军在边疆

zuò zhàn shī lì de nà jiàn shì wǒ jì de fēi cháng qīng chu
作战失利的那件事，我记得非常清楚。"

"哦？为什么是那件事呢？"华盛顿问道。

"您在参加宴会时听到了这个消息，回到办公室的时候您大发雷霆。先生，在您身边工作那么多年，我是第一次看到您那么生气。说实话，我当时已经双腿发软。"利尔回答道。

利尔当时确实被吓坏了，因为华盛顿的情绪从不显露在外，可是那次他可能是太生气了。

想了一会儿，华盛顿也记起来了。

"那是我第一次看到您那么生气，也是最后一次看到您生气。"利尔接着说。

"是吗？我倒是对另一件事记忆犹新……"

他们俩一边整理东西，一边回想过去的事情。

亚当斯先生开门走进来，打断了他们的谈话。

看到亚当斯先生进来，利尔借故出去了。他知道，这两位新旧任总统一定想单独说说话。

从独立战争开始，华盛顿和亚当斯就已经

是朋友，他们互相尊敬，也互相支持着对方。

亚当斯毫不犹豫地接过利尔的工作，帮华盛顿收拾东西，并说道："老朋友，命运真的是捉弄人，我们居然会担当同一职务。"

"老朋友，在私下，我还没有来得及向你表示祝贺呢！"华盛顿停下了手里的工作，和亚当斯拥抱在一起，"真诚地祝福你，合众国总统！"

"谢谢！"亚当斯感谢道，"我很需要您的祝福。一切都是命运的安排。如果您愿意继续参加这一届选举的话，民众还是会把信任票投给您。只不过，由于您拒绝参加竞选，我才能够有这个机会。"

华盛顿不接受亚当斯刚刚的看法，说道："老朋友，你太谦虚了。你的才华举世公认，我对你尤其佩服。还在革命战争的时候，你就以无畏的精神和出众的才华赢得了人们的赞誉。你的当选，实在是众望所归！"

"对了，老朋友，我还记得二十多年前，你在大陆会议上出人意料地推荐我担任总司令，当时，我真的是吓了一跳。那个时候，我们只不过刚刚认识而已呀！"华盛顿想起了当年的一段往事。

亚当斯笑着说："那个时候，我对您可是仰慕已久，您是弗吉尼亚初升的朝阳啊！不过，后来的事实证明我的确没有看错人，您的表现让所有人折服。说起这个，我还要感谢您呢，就因为我推荐了您，我才在公众中大大地出了名。"

"我觉得这是命运的安排呀！"华盛顿感叹道，"我们一直都是搭档。战争的时候，我在前线，你在后方为我的军饷武器四处奔走；如今，我从总统的职位上退下来，你又要带领美国人民继续前进。"

亚当斯想了想，不解地问道："人们对您退出这次总统选举大惑不解，我也不明白其中的原因。您总是说想要回归田园，弗农山庄的生活对您真的具有如此大的诱惑力吗？"

华盛顿回答说："你要知道，我的朋友，和家人一起过平凡的生活是我内心一直的渴望。而且我已经65岁了，即使身体健康，我也感到自己的精神和思维大不如前，如果继续在这个职位做下去，我恐怕会辜负人们对我的期望。"

亚当斯静静地倾听着。华盛顿继续说道："还有一个更重要的原因，那就是看惯了世袭的君主制和独裁者的终身统治，我不希望在美国出现终身总统，更不希望由我开头。"

到这时，亚当斯才明白华盛顿拒绝再度连任的真正原因。他郑重地向华盛顿承诺："请您放心，美国不会出现终身总统！"

华盛顿又开起了玩笑："公众们始终被我在战争年代所取得的成绩蒙蔽，如果我继续赖着不走，像你这样优秀的人就会被继续埋没。"

亚当斯和他相视而笑。

总统府的礼仪官进来向华盛顿报告："总统先生，今晚的宴会已经准备妥当。按照您的吩咐，邀请了亚当斯先生和夫人，……"

亚当斯接过话头说："我一定准时出席！"

"杰斐逊先生和夫人、各国使节和夫人，以及目前在首都的其他社会名流，总共有378名客人出席今晚的宴会。"礼仪官继续说道。

"谢谢你，礼仪官先生，真的非常感谢。"华盛顿说道。

华盛顿和亚当斯继续交谈。他们从独立战争谈到总统职务，从军事谈到政治，从财政谈到国会……他们互相交流着看法，一直到分别。

"晚上宴会见！"俩人互相告别。

宴会开始前，华盛顿的妻子玛莎挽着他的手臂，一起向宴会厅走去。在临进门口的时候，华盛顿对玛莎说道:"亲爱的,今天晚上以后,一切都结束了。我不再是华盛顿总统,而是弗农山庄的庄主了。"

玛莎笑着说:"我就盼望着回到山庄去生活呢。今天晚上以后,我也不再是合众国第一夫人,而是弗农山庄的女主人了。"

宴会大厅里已经挤满了宾客,华盛顿和玛莎作为宴会的主人,频频向人们敬酒,感谢他们一直以来的帮助和支持。亚当斯先生和他的夫人果然准时到达会场,由于大厅太过拥挤,他们只能远远地与华盛顿夫妇举杯互敬。

华盛顿为这次宴会作了充分的准备。他邀请了当时最好的厨师制作本次宴会的菜肴,并向客人提供陈年葡萄酒。美味的佳肴、好客的主人,这些都让来宾觉得非常满意,让他们十分尽兴。

在宴会即将结束的时候,华盛顿替自己的酒杯倒满酒,说道:"女士们,先生们,这是我最后一次以公仆的身份为大家的健康干杯。我真心诚意地祝福在座的每一位幸福、快乐!"

这番话说完以后,宴会中愉快的气氛顿时一扫而空。大家都感觉到这一次告别的不同寻常,人们的情绪变得十分激动。英国驻美国公使的妻子利斯顿夫人一时无法控制,当场便泪流满面。

华盛顿最后说道:"在过去的8年里,为了合众国的荣誉和利益,我努力付出,至于对我的评价,我想留待后人去评论。虽然我就要离开我的岗位,但是在这里,我向各位承诺:只要合众国有需要,我愿意随时为它而战!"

华盛顿
年表

公元	生平事迹
1732 年 2 月 22 日	乔治·华盛顿出生在弗吉尼亚州一个乡绅家庭,父亲是奥古斯丁·华盛顿,母亲是玛丽·鲍尔。
1743 年 4 月 12 日	父亲去世,乔治只有 11 岁,从此由母亲把他抚养成人。
1753 年	受弗吉尼亚州政府委派,前往俄亥俄河流域的法军指挥部和法国入侵者谈判。
1754 年 4 月	带领军队前往俄亥俄河附近与法军作战,取得初步胜利。
1755 年 4 月	在英国将领布雷多克的参谋部担任志愿人员,随军参加对法军的大规模战役。
1755 年 8 月 14 日	接到委任状,担任弗吉尼亚州民军指挥官。
1758 年 4 月	率领部队参加夺取迪凯纳堡的联合战役。
1758 年 7 月	被选举为议员。由于英国对殖民地军人的不公正待遇,华盛顿于年底辞去职务,退出军界。
1759 年	与玛莎结婚。
1769 年	发表抵制部分英国商品和制成品言论,获

	得共鸣,并被普遍采纳。
1774 年	被选为代表,并参与全州代表大会;大会上,又被选为弗吉尼亚代表,出席第一次大陆会议。
1775 年 5 月	参加第二次大陆会议,被推选为大陆军总司令,带领军队对英作战。
1776 年 3 月	在波士顿取得战斗胜利,英军从波士顿撤退,华盛顿被称为"波士顿解放者"。
1776 年 7 月	大陆会议正式通过《独立宣言》,宣布英属北美13 个殖民地全部独立,美利坚合众国诞生。
1777 年 10 月	命令盖茨将军率领美国部队取得萨拉托加大捷,此为美国独立战争的转折点。
1781 年	与法军合作,打败驻守在约克敦的英军。
1783 年	英国承认美国独立,战争结束。
1783 年 12 月 23 日	向大陆会议辞去大陆军总司令职务,隔日,回到阔别已久的弗农山庄。
1784 年~1787 年	将大部分精力用于整顿家族事务上。
1787 年 9 月	由他参与制定的美国第一部宪法诞生。
1789 年 3 月	当选为美利坚合众国第一任总统,4 月 30日在纽约举行就职典礼。
1793 年	在大选中连任总统。
1797 年	拒绝连任总统,回到弗农山庄。
1799 年 12 月 14 日	在弗农山庄去世,享年 67 岁。

著作权合同登记号:图字01-2010-3454号

本书由中国台湾风车图书出版有限公司授权,独家出版中文简体字版

图书在版编目(CIP)数据

华盛顿 / 风车图书编辑部编. – 北京:九州出版社,2010.7

(世界伟人传)

ISBN 978-7-5108-0539-4

Ⅰ.①华… Ⅱ.①风… Ⅲ.①华盛顿, G.(1732~1799)– 传记 Ⅳ.①K837.127=41

中国版本图书馆CIP数据核字(2010)第104396号

华盛顿

作 者	风车图书编辑部 编
出版发行	九州出版社
出 版 人	徐尚定
地 址	北京市西城区阜外大街甲35 号(100037)
发行电话	(010)68992190/2/3/5/6
网 址	www.jiuzhoupress.com
电子信箱	jiuzhou@jiuzhoupress.com
印 刷	北京兰星球彩色印刷有限公司
开 本	650 毫米 × 1080 毫米 12 开
印 张	13.5
字 数	110 千字
版 次	2010 年9 月第1 版
印 次	2010 年9 月第1 次印刷
书 号	ISBN 978-7-5108-0539-4
定 价	19.80 元